ÉTUDE

SUR

LES FABLES DE LAFONTAINE.

THÈSE

PRÉSENTÉE

A LA FACULTÉ DES LETTRES DE STRASBOURG,

PAR

CH. GRANDSARD,
AGRÉGÉ DES CLASSES SUPÉRIEURES,
PROFESSEUR AU LYCÉE IMPÉRIAL DE STRASBOURG.

STRASBOURG,
IMPRIMERIE DE G. SILBERMANN, PLACE SAINT-THOMAS, 3.
1859.

ÉTUDE

SUR

LES FABLES DE LAFONTAINE.

THÈSE

PRÉSENTÉE

A LA FACULTÉ DES LETTRES DE STRASBOURG,

PAR

CH. GRANDSARD,

AGRÉGÉ DES CLASSES SUPÉRIEURES,

PROFESSEUR AU LYCÉE IMPÉRIAL DE STRASBOURG.

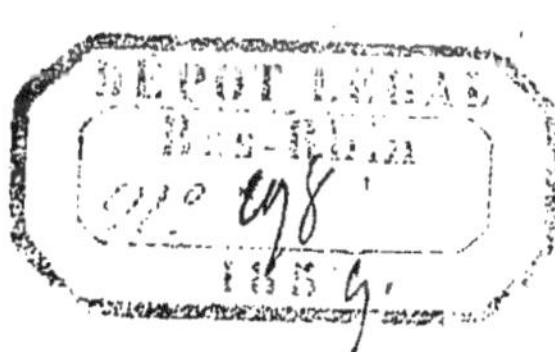

STRASBOURG,

IMPRIMERIE DE G. SILBERMANN, PLACE SAINT-THOMAS, 3.

1859.

ÉTUDE

SUR

LES FABLES DE LAFONTAINE.

Depuis longtemps déjà tout a été dit sur le mérite de Lafontaine, comme fabuliste. L'art avec lequel il a peint la nature humaine sous l'emblème des animaux et des plantes, les rapports subtils et pourtant si profondément vrais qu'il a saisis entre leurs différentes manières d'être et les nôtres, ont été l'objet d'études patientes et complètes, soit dans les éditions annotées de ses œuvres, soit dans les ouvrages spécialement composés sur la matière. Aborder cette face de son talent, serait donc se condamner à des redites perpétuelles. Mais il en est une autre qui, ce nous semble, n'a pas encore été aussi complétement mise en lumière; nous voulons dire l'étendue et la variété de la conception, la profondeur et la délicatesse du sentiment, la grâce et l'énergie du style: tel est le sujet que nous nous proposons de traiter aujourd'hui. Nous écarterons donc celles de ses fables où l'allégorie joue le principal rôle, pour nous attacher de préférence à celles où brillent uniquement ces qualités de pure poésie que nous venons d'énumérer, en nous permettant toutefois, pour compléter notre point de vue, de glaner dans les autres les détails qui rentrent dans la spécialité à laquelle nous nous restreignons.

Et, en nous limitant ainsi, nous croyons prendre la meilleure voie pour découvrir et signaler le véritable caractère du génie de Lafontaine. Quelle est, en effet, la qualité distinctive d'un poëte fabuliste? C'est le don d'exprimer une idée générale et abstraite sous une forme concrète et particulière. Mais cette qualité, Lafontaine n'en a point le privilége exclusif; elle existe en germe dans les fables d'Ésope, et Phèdre lui a donné tout le développement dont elle est virtuellement susceptible. Bien plus, Lafontaine peut être considéré, sous ce rapport, comme inférieur à ses devanciers, puisqu'il leur a emprunté l'idée première d'un grand nombre de ses apologues. Ainsi donc, la conception pure, le sentiment et le style, voilà ce qu'il nous faut étudier chez lui, si nous voulons saisir les véritables traits de cette grande figure poétique.

I.

Le domaine de la conception poétique égale en étendue celui de la perception philosophique, c'est-à-dire qu'il embrasse le cercle entier des êtres: Dieu, l'humanité, la nature. Ce domaine, jusqu'à présent les poëtes, suivant les conditions du genre particulier qu'ils ont traité, s'en sont attribué chacun une partie: les lyriques chantent volontiers la divinité; les poëtes dramatiques tracent le tableau de la vie humaine, les tragiques la reproduisant par le côté grave, et les comiques par le côté satirique; enfin, la poésie descriptive nous peint de préférence les splendeurs et les grâces de la nature.

L'épopée seule, dans sa vaste compréhension, absorbe celle de chacun de ces genres particuliers, et embrasse dans son cadre immense le domaine tout entier de la conception poétique. Dans les littératures étrangères, sans doute, cette division n'est point aussi stricte que nous l'avons tracée ici; mais en ce qui concerne la littérature française, où la ligne de démarcation entre les différents genres est si nette et si inflexible, cette répartition de la matière poétique entre eux ne paraîtra nullement forcée. On l'acceptera peut-être comme une règle générale, que les exceptions mêmes, par leur rareté, confirment au lieu de l'ébranler.

Voyons maintenant quelle part le génie de Lafontaine s'est taillée dans ce vaste domaine ouvert à la poésie.

§ 1er. *Divinité.*

Lafontaine fait souvent intervenir la divinité dans ses fables; mais, d'ordinaire, c'est une divinité ou plutôt ce sont des divinités de convention, auxquelles le poëte s'intéresse infiniment moins qu'à ses héros favoris, le lapin, la belette et l'âne. Ce sont les dieux de la Grèce, mais dépouillés de la splendeur dont Homère les a revêtus, et réduits, s'il faut le dire, aux proportions modestes des bons bourgeois d'une petite ville française. Une seule fois il s'est débarrassé de ses langes mythologiques, pour s'élever jusqu'à la contemplation de la sagesse divine, éclatant dans l'ordre de l'univers: c'est dans la fable intitulée *Le Gland et la Citrouille.* Mais ici, l'exiguité du cadre a singulièrement amoindri les proportions du tableau. Ce philosophe rustique, qui censure le plan général de la création, parce que la citrouille et le gland n'ont pas échangé leurs places respectives, et qui ne reconnaît la sagesse de la Providence qu'au moment où, un gland lui tombant sur le nez, il se demande avec effroi ce qui serait advenu si ce gland eût été une citrouille, l'honnête Garo, en un mot, nous semble un maigre interprète de la haute vérité que le poëte s'était chargé de mettre en lumière, et nous chercherons ailleurs les droits de Lafontaine au titre de Chantre de la divinité. Voici un vers, par exemple, qui ne déparerait pas l'ode ou l'épopée la plus sublime. Oublions que c'est Jupiter qui parle; supposons que c'est le Dieu des chrétiens qui prononce ces mots :

> Que tout ce qui respire
> S'en vienne comparaître aux pieds de ma grandeur.

N'y a-t-il pas là un profond sentiment de la majesté divine? Et cette majesté ne nous semble-t-elle pas accompagnée d'une immense bonté, quand plus loin l'envoyé, un peu étrange, il est vrai, du même Jupiter, dit qu'il vient de la part du dieu

> Partager un brin d'herbe entre quelques fourmis.

Ne reconnaissons-nous pas là cette Providence qui, tout en réglant l'ordre des sphères, veille aux besoins de ses moindres créatures?

Enfin, écoutons le juge souverain, s'apprêtant à punir les crimes des hommes :

> « Remplissons de nouveaux hôtes
> Les cantons de l'univers
> Habités par cette race
> Qui m'importune et me lasse.
> . . . .
> Race que j'ai trop chérie,
> Tu périras cette fois ! »
> . . . .
> Il lance un foudre à l'instant
> Sur certain peuple perfide.
> Le tonnerre, ayant pour guide

Le père même de ceux
Qu'il menaçait de ses feux,
Se contenta de leur crainte;
Il n'embrasa que l'enceinte
D'un désert inhabité.
Tout père frappe à côté.

Nous ne craignons pas de paraître exagérer en affirmant que ces vers caractériseraient dignement le Dieu de la Bible et de l'Évangile, celui qui ne veut pas la mort du pécheur, mais sa conversion.

Ainsi, Lafontaine nous a prouvé qu'il était capable de peindre la divinité sous ses attributs essentiels, de la faire parler et agir d'une manière aussi digne d'elle que le comporte l'imperfection des langues humaines. Pourquoi donc ne l'a-t-il pas fait plus souvent? La faute en est-elle aux conditions du genre dans lequel il a écrit? Nous ne le croyons pas; car nous aurons plus d'une fois l'occasion de constater, dans la suite de ce travail, que son génie franchit à chaque instant les limites de ce genre, que, chez lui, le poëte déborde le fabuliste. Nous aimons mieux en chercher la cause dans la tendance fondamentale du vieil esprit gaulois, dont il s'est directement inspiré, ou plutôt, qui faisait le fond même de son intelligence. Or, l'esprit gaulois, ou, si l'on veut, l'esprit français réduit à ses propres ressources, se renfermait volontiers dans le cercle de la vie sociale et pratique, et inclinait rarement vers ces hautes spéculations de l'ordre métaphysique qui enfantent, dans la poésie, des hymnes inspirés. On ne nous obligera peut-être pas à démontrer que *Polyeucte*, *Esther* et *Athalie*, les psaumes de J. B. Rousseau, ne sont pas absolument exempts de toute imitation étrangère. Quant au moyen âge, s'il a abordé dans les mystères cet ordre d'idées transcendantes, c'est avec un insuccès qui prouverait à lui seul la justesse du reproche que nous lui adressons en ce moment. Eh bien! Lafontaine, ce continuateur de l'esprit gaulois, en a tout simplement subi les tendances; et même, la seule conséquence qu'on puisse tirer des citations précédentes, c'est qu'il a trouvé, pour faire parler et agir la divinité, des termes plus nobles que ne le comportait peut-être la tradition littéraire dont il est le dernier, le suprême représentant.

§ 2. *Humanité.*

Ici, nous devons nous attendre à ce que les matériaux, au lieu de nous manquer, surabondent en quelque sorte : n'oublions pas que nous étudions un écrivain essentiellement français, c'est-à-dire préoccupé avant tout de la réalité visible et présente. En effet, nous n'aurons que l'embarras du choix, dans cette longue série de types variés que le poëte fait passer devant nos yeux.

Voyons d'abord ceux qui ont rapport à la vie publique, et commençons par la royauté. Mais Lafontaine la représente le plus souvent sous l'emblème du lion, et nous avons donné plus haut les raisons qui nous font écarter le côté emblématique de son œuvre. Il en est une autre encore qui se présente tout naturellement ici : c'est que le poëte, obligé de conserver à son lion symbolique le caractère et les mœurs du lion réel, a été fatalement entraîné à exagérer quelque peu le portrait qu'il nous trace de la royauté. Le roi lion, en effet, n'a d'autre occupation que de dévorer ses sujets. Or, à cette époque où la France, à peine délivrée des désordres et des violences du moyen âge, respirait sous l'autorité absolue mais protectrice de Louis XIV, nous n'aimerions pas à voir Lafontaine commettre un contre-sens historique, en faisant de la royauté une cause de ruine et de destruction.

Combien nous préférons, comme allusion contemporaine, ce roi qui, voyant un troupeau «bien broutant, en bon corps, rapportant tous les ans de très-notables sommes, grâce aux soins du berger,» en conçoit le projet d'élever ce berger aux plus hautes charges de l'État :

> Tu mérites, dit-il, d'être pasteur de gens :
> Laisse là tes moutons, viens conduire des hommes;
> Je te fais juge souverain.

Sans doute, l'idée est naïve; et, dans la réalité, les magistrats se font rarement d'après ce procédé. Mais le devoir fondamental de la royauté et des ministres qu'elle emploie n'est-il pas nettement indiqué là dans sa simplicité primitive, et en des termes qui, pour la dignité, ne sont au-dessous ni du sujet ni des personnages? Si, plus tard, l'excellent prince en vient à soupçonner son vertueux protégé, la faute en est uniquement aux «pestes de cour», qui l'ont noirci dans son esprit; et, en conscience, on ne saurait exiger des souverains qu'ils ne se laissent jamais tromper par ceux qui les approchent.

Voici un autre roi qui, dès l'abord, se présente à nous d'une manière beaucoup moins grave. Un chasseur lui offre un milan, et l'oiseau n'a rien de plus pressé que d'aller «tout droit imprimer sa griffe sur le nez de sa majesté». Certes, la *majesté* est en ce moment quelque peu compromise. Eh bien! dans cette situation moins douloureuse encore que burlesque, le prince sait garder la dignité qui sied à son rang :

> Le roi n'éclata point : les cris sont indécents
> A la majesté souveraine.

Nous devons convenir qu'il y avait à cela quelque mérite. Puis, lorsqu'enfin le maudit animal a lâché prise, à cette heure où un simple mortel eût éprouvé quelques velléités peu pacifiques à l'endroit du milan et de son malencontreux introducteur, le bon roi se borne à prononcer ces paroles, qui ne dépareraient pas un récit d'une nature beaucoup plus élevée :

> Laissez aller
> Ce milan, et celui qui m'a cru régaler.
> Ils se sont acquittés tous deux de leur office,
> L'un en milan, et l'autre en citoyen des bois :
> Pour moi, qui sais comment doivent agir les rois,
> Je les affranchis du supplice.

Un paternel amour pour le peuple, la dignité personnelle, le pardon des injures, voilà, ce nous semble, des vertus éminemment royales ; et il serait difficile de les peindre avec plus de simplicité et de gravité que ne l'a fait l'auteur, même quand la nature du récit semblait devoir ôter à son style cette dernière qualité.

Lafontaine a été beaucoup moins bienveillant pour le clergé ; il en parle généralement sur un ton peu respectueux. Ne nous y trompons pas, cependant : ce n'est pas au dogme qu'il s'attaque, extravagance qui ne pouvait naître dans son esprit, pas plus que dans celui d'aucun homme intelligent de son époque. Malgré les désordres de sa vie privée, il n'avait pas inutilement respiré cette atmosphère de foi vive et puissante qui a fait la principale force du dix-septième siècle ; et, en parcourant ses œuvres, nous aurons plus d'une fois l'occasion d'y signaler cette sympathie pour le malheur, cette délicatesse dans la peinture des sentiments tendres, cet amour profond de la nature et ce penchant à la rêverie qui sont le produit du christianisme. Il ne censure pas davantage les mœurs du clergé, mais seulement, selon nous, la place qui lui était faite dans l'État par la constitution civile de la France à cette époque.

Voyons, en effet, cette fable du rat qui, retiré dans un fromage de Hollande, refuse de subvenir autrement que par ses prières aux pressants besoins de la république attaquée. Et remarquons d'abord que la satire n'aurait plus aucun sens de nos jours, où le prêtre est l'un des plus pauvres et des plus laborieux parmi les nombreux ouvriers qui concourent à l'œuvre sociale. Aussi, nous abordons la question avec d'autant moins de scrupule qu'elle est déjà devenue de l'histoire, et même, vu la profondeur de l'abîme qui sépare en cela notre siècle de ses devanciers, on pourrait presque dire de l'histoire ancienne. Or, les grands biens du clergé, presque entièrement soustraits alors aux charges qui pesaient sur la propriété, ne motivaient-ils pas jusqu'à un certain point l'opinion émise par Lafontaine, et ne le justifiaient-ils pas lui-même d'avoir dirigé quelques légères censures contre le côté purement civil et politique d'un ordre de choses qui, sous tous les autres rapports, n'a jamais été de sa part l'objet de la moindre atteinte?

L'intention de l'auteur est encore plus marquée dans la fable intitulée *Le Curé et le Mort.* Messire Jean Chouart, en effet, est un excellent homme, joyeux et charitable, occupé de son prochain au moins autant que de lui-même. Le poëte lui prête bien, en passant, un peu de rustique sybaritisme. Mais croit-on, en conscience, qu'il soit entré dans la pensée de Lafontaine de lui en faire un reproche? Sa vie et ses vers sont là pour attester qu'il ne devait y voir qu'une vertu de plus. De quoi semble-t-il le blâmer, enfin? De faire entrer en ligne de compte, pour l'entretien de sa pauvre maison, le produit d'un enterrement. La censure s'adresse, comme on le voit, à ce qu'on appelle communément le casuel du clergé. Mais, en principe, il n'y a nullement ici matière à satire. On l'a dit avec raison : il faut que le prêtre vive de l'autel. Si c'est un mal, c'est, en tout cas, un mal nécessaire; et il est plus facile de railler sur la situation que d'y trouver un remède. Somme toute, la critique est ici singulièrement bénigne; et l'auteur l'atténue encore en nous disant, après avoir raconté la mort tragique du pauvre curé, qu'il a voulu simplement faire voir combien les projets des hommes sont exposés aux coups de la fortune.

Quoi qu'il en soit, on éprouve, au premier abord, un certain étonnement à voir les légères esquisses de ces deux fables, et les tableaux beaucoup plus développés du *Lutrin*, se produire à cette époque de foi générale et souveraine. Mais la plus simple réflexion démontre bientôt que c'est la toute-puissance même de la foi dominante qui a rendu le fait possible. Plus un principe est solidement établi, en effet, plus il tolère ou dédaigne ces attaques apparentes, sans danger aucun, parce qu'il ne saurait y avoir de danger nulle part, même dans l'intention de leurs auteurs. Le rigide Boileau, du reste, eût été désespéré qu'on pût voir dans son poëme le moindre vestige d'irrévérence; et les hommes les plus religieux de l'époque le lisaient en souriant, et ne songeaient pas même à se demander s'il pouvait y avoir là autre chose qu'un simple jeu d'esprit, sans autre but que l'amusement du lecteur.

Mais il est deux ordres pour lesquels Lafontaine est sans pitié. Ces deux ordres sont la noblesse et la magistrature. Voyons d'abord celle-ci : deux pèlerins trouvent une huître sur le sable. A qui appartiendra-t-elle ? Grand débat ! L'un d'eux propose un arrangement :

> Celui qui le premier a pu l'apercevoir
> En sera le gobeur ; l'autre le verra faire.

Perspective consolante !

> Si par là l'on juge l'affaire,
> Reprit son compagnon, j'ai l'œil bon, Dieu merci.
> Je ne l'ai pas mauvais aussi,
> Dit l'autre ; et je l'ai vue avant vous, sur ma vie.
> Eh bien ! vous l'avez vue ; et moi je l'ai sentie.

Belles raisons ! et que de procès reposent sur des considérations de cette importance !

> Perrin Dandin arrive ; ils le prennent pour juge.
> Perrin, fort gravement, ouvre l'huître et la gruge,
> Nos deux messieurs le regardant.

La gravité du juge accomplissant cette spoliation légale est des plus caractéristiques, aussi bien que l'attitude désappointée des plaideurs.

> Ce repas fait, il dit d'un ton de président :
> Tenez, la cour vous donne à chacun une écaille
> Sans dépens ;

Quelle générosité ! On voit que les écailles le tentent peu.

> et qu'en paix chacun chez soi s'en aille.

Il serait curieux de savoir, en effet, ce qu'ils pourraient encore se disputer !

Ainsi donc, c'est chose convenue : dans l'objet en litige, le juge s'approprie tout ce qui peut avoir quelque valeur, et abandonne généreusement le reste aux deux parties. C'est court, mais c'est vrai, ou du moins c'était vrai. De nos jours, les procès ne passent point pour enrichir un homme; mais que sera-ce si l'on se reporte aux errements du palais à cette époque?

Nous abrégeons; car nous avons hâte d'arriver à ce charmant tableau que Lafontaine nous a tracé de la féodalité. Les couleurs n'en ont rien de sombre; et ce n'était que justice: Richelieu avait passé par là; et il avait si bien limé les dents et rogné les ongles du lion féodal, que, si le monstre pouvait mordre encore, du moins il ne pouvait plus «manger les gens», comme dit le poëte. Et pourtant, quoiqu'il soit, un peu malgré lui, obligé de faire *patte de velours*, on sent jusque dans ses caresses des vestiges de son ancienne férocité: quelque chose comme cette délicate attention de l'ours, qui, voulant tuer une mouche posée sur le visage de son ami, écrase d'un coup de pierre la tête du malheureux.

Écoutons. Un brave campagnard voyait avec désespoir son jardin dévasté par un lièvre. Les piéges, les pierres, les bâtons, rien n'y faisait. Il alla se plaindre au seigneur du bourg: pauvre homme! quelle idée! Celui-ci, du reste, l'accueille amicalement; et, dès le lendemain il vient avec tout son monde:

> Çà, déjeunons, dit-il; vos poulets sont-ils tendres?

On le voit: il agit sans façon, comme il se doit faire entre amis.

> La fille du logis, qu'on vous voie; approchez.

Politesse féodale adressée à la famille de son hôte. Les filles de nos campagnards modernes sauraient bien que répondre à cette cavalière invitation.

> Quand la marirons-nous? Quand aurons-nous des gendres?
> Bon homme, c'est ce coup qu'il faut, vous m'entendez,
> Qu'il faut fouiller à l'escarcelle.

Touchantes marques d'intérêt! Si l'on n'y voyait une de ces banalités par lesquelles s'entame une conversation, on supposerait volontiers qu'il a quelque laquais favori à mettre sur les rangs.

Disant ces mots, il fait connaissance avec elle,
Auprès de lui la fait asseoir,
Prend une main, un bras, lève un coin du mouchoir;

Voilà une manière de «faire connaissance» qui, deux siècles plus tard, lui aurait valu un accueil peu encourageant. Ces privautés rappellent certains droits féodaux qu'on ne nomme plus.

Toutes sottises dont la belle
Se défend avec grand respect:

La pauvre fille, malgré son embarras, est capable de s'en trouver honorée!

Tant qu'au père à la fin cela devient suspect.

Il fallait du temps, alors, pour éveiller la susceptibilité paternelle!

Cependant on fricasse, on se rue en cuisine. —
De quand sont vos jambons? Ils ont fort bonne mine. —
Monsieur, ils sont à vous. —

L'imprudent oublie à qui il s'adresse; cette formule de politesse va lui coûter cher:

Vraiment, dit le seigneur,
Je les reçois et de bon cœur.

Cela t'apprendra, mon bon ami, à réserver ces gracieusetés pour tes pareils, qui du moins les prendront pour ce qu'elles sont.

Il déjeune très-bien; ainsi fait sa famille,
Chiens, chevaux et valets, tous gens bien endentés;
Il commande chez l'hôte, y prend des libertés,
Boit son vin, caresse sa fille.

Ne valait-il pas mieux, en conscience, continuer à payer au lièvre le tribut quotidien de quelques feuilles de choux?

> L'embarras des chasseurs succède au déjeuné.
> Chacun s'anime et se prépare :
> Les trompes et les cors font un tel tintamarre
> Que le bonhomme est étonné.

Que de fracas pour un lièvre! le moindre braconnier moderne ferait les choses beaucoup plus simplement et plus vite. Mais qu'importe? Il s'agissait avant tout de se donner le divertissement d'une chasse seigneuriale avec tous ses accessoires obligés. L'honnête descendant de Jacques Bonhomme est seul assez candide pour croire qu'on s'occupe de ses intérêts.

> Le pis fut que l'on mit en piteux équipage
> Le pauvre potager : adieu planches, carreaux;
> Adieu chicorée et porreaux;
> Adieu de quoi mettre au potage.

Ces plaintes du pauvre homme ne sont-elles pas attendrissantes?

> Le lièvre était gîté dessous un maître chou.
> On le quête; on le lance: il s'enfuit par un trou,
> Non pas trou, mais trouée; horrible et large plaie
> Que l'on fit à la pauvre haie,
> Par ordre du seigneur; car il eût été mal
> Qu'on n'eût pu du jardin sortir tout à cheval.

Je vous l'avais bien dit : ce tapage des grandes chasses aristocratiques était tout ce qu'on se proposait. Quant à débarrasser du lièvre le jardinier, c'était la moindre affaire; et la preuve, c'est que l'auteur ne prend même pas la peine de nous dire ce qu'il advint de l'animal.

> Le bonhomme disait : ce sont là jeux de prince.

S'il avait pu se le dire plus tôt! Réflexion tardive, qui rappelle à s'y méprendre le serment final de maître Corbeau.

> Mais on le laissait dire; et les chiens et les gens
> Firent plus de dégât en une heure de temps
> Que n'en auraient fait en cent ans
> Tous les lièvres de la province.

Avis aux bonnes gens qui se sentiraient quelque velléité de faire intervenir les grands dans leurs affaires! Voilà comment se comportait le seigneur féodal quand il voulait du bien au monde : comment faisait-il donc quand il lui voulait du mal?

Descendons un peu l'échelle sociale : la bourgeoisie va s'offrir à nous avec ses travers et ses ridicules. Voici d'abord un personnage fier de sa richesse, un sot, dit l'auteur; et le discours qu'il adresse au pauvre savant, nous prouvera que l'épithète n'a rien d'exagéré :

> Mon ami, disait-il souvent
> Au savant,
> Vous vous croyez considérable;
> Mais, dites-moi, tenez-vous table?

Argument sans réplique! La table est le trône de ce brave homme, l'emblème de sa supériorité financière. Il s'appliquerait volontiers, dans un autre sens, l'aphorisme concernant la descendance féminine dans la noblesse : «le ventre anoblit :»

> Que sert à vos pareils d'écrire incessamment?
> Ils sont toujours logés à la troisième chambre,
> Vêtus au mois de juin comme au mois de décembre,
> Ayant pour tout laquais leur ombre seulement.

Le tableau brille par l'exactitude beaucoup plus que par la politesse :

> La république a bien affaire
> De gens qui ne dépensent rien!

Hypocrisie politique : la richesse n'est plus seulement un avantage; c'est une vertu. Et quelle vertu commode! Qu'il est doux de se dévouer au bien public, en mangeant tranquillement ses revenus!

> Je ne sais d'homme nécessaire
> Que celui dont le luxe épand beaucoup de bien.
> Nous en usons, Dieu sait! notre plaisir occupe
> L'artisan, le vendeur, celui qui fait la jupe,
> Et celle qui la porte...

Le détail est scabreux; mais il n'en rougit pas; au contraire. Il a pris au sérieux le vers de Boileau :

> Quiconque est riche est tout : sans sagesse il est sage.

Continuons :

> et vous, qui dédiez
> A messieurs les gens de finance
> De méchants livres bien payés.

Remarquez-vous la place qu'occupe le savant parmi ces gens que fait vivre le riche? Venir après « celui qui fait la jupe », peu importe; il n'y a pas de déshonneur; mais après « celle qui la porte!... » Lafontaine a bien raison d'ajouter que ce sont là des « mots remplis d'impertinence ».

Voici, pour faire pendant, l'homme vain de sa science; laquelle, pour emprunter une formule aux mathématiques, est toujours *en raison inverse* de la fierté qu'on en ressent, et surtout de celle qu'on en montre. Ce pédant, puisqu'il faut l'appeler par son nom, est attiré par les cris d'un enfant qui vient de tomber dans la Seine, et se retient à grand'peine aux branches d'un saule. Que faire? le tirer de là, direz-vous. Oui! pour un homme sensé. Mais pour un pédant, c'est l'occasion, ou jamais, de déployer son éloquence. Aussi, écoutez-le :

> Ah ! le petit babouin !
> Voyez, dit-il, où l'a mis sa sottise !
> Et puis, prenez de tels fripons le soin !
> Que les parents sont malheureux, qu'il faille
> Toujours veiller à semblable canaille !

Il était difficile de mieux faire ressortir ce qu'il y a souvent d'intempestif dans cette faconde à jet continu qui caractérise certaines gens.

Ce pédant avait un confrère qui, dans une circonstance moins grave, il est vrai, se montra tout aussi bien inspiré. Un de ses écoliers ravageait un jardin; le propriétaire se plaint au maître; celui-ci, au lieu de ramener tout bonnement à la classe le délinquant, arrive suivi de tout son monde :

> Le tout, à ce qu'il dit, pour faire un châtiment
> Qui pût servir d'exemple, et dont toute sa suite
> Se souvînt à jamais comme d'une leçon.
> Là-dessus, il cita Virgile et Cicéron,
> Avec force traits de science.

Vous devinez facilement ce qui arriva :

> Son discours dura tant, que la maudite engeance
> Eut le temps de gâter en cent lieux le jardin.

Ici nous demandons qu'il nous soit permis de vider une question que nous aurions difficilement l'occasion d'aborder ailleurs : nous voulons parler de l'aversion de Lafontaine pour les enfants. Les détails significatifs abondent dans les deux fables que nous venons de citer. On a pu remarquer, dans le discours du premier pédant, les mots de «babouin, fripon, canaille» : une gradation, comme on voit. La fable qui vient ensuite n'est pas moins riche en aménités à l'adresse de l'enfance :

> Certain enfant qui sentait son collége,
> Doublement sot et doublement fripon . . . .

Ce n'est pas fini :

> Voilà le verger plein de gens
> Pires que le premier...

Attendez encore :

> Le pédant, de sa grâce,
> Accrut le mal, en amenant
> Cette jeunesse mal instruite.

Mais voici le bouquet :

> Je ne sais bête au monde pire
> Que l'écolier, si ce n'est le pédant.

Nous pourrions multiplier les citations sans grand

mérite, et sans ajouter à l'évidence d'un fait suffisamment démontré. Du reste, on sait qu'à ce propos la conduite de Lafontaine était parfaitement conséquente avec ses vers. Pour se soustraire au voisinage de cette « bête, la pire qui soit au monde, » comme il appelle l'enfant, il abandonna sa famille; il fit plus, il l'oublia, au point d'apprendre plus tard l'existence de son fils comme une piquante nouveauté. C'est là le côté le plus triste d'une existence dans laquelle il n'y a que trop souvent à blâmer.

On conçoit qu'un tel homme ait eu peu de sympathie pour le mariage. Et, en effet, il n'y a vu qu'un sujet de perpétuelle satire, depuis la première recherche jusqu'à ce dénouement forcé qu'amène la mort de l'un des deux époux. Voyons d'abord la fille à marier :

> Certaine fille un peu trop fière
> Prétendait trouver un mari
> Jeune, bien fait et beau, d'agréable manière,
> Point froid et point jaloux : notez ces deux points-ci.

Autrement dit : l'impossible. Il se présente des partis de toutes les façons. La belle les éconduit; et pour quelles raisons ?

> L'un n'avait en l'esprit nulle délicatesse,

Passe encore :

> L'autre avait le nez fait de cette façon-là :
> C'était ceci, c'était cela :
> C'était tout. . . .

Comme on voit, elle n'était pas facile à contenter. Aussi la plaignons-nous médiocrement, quand elle se trouve, en fin de compte, réduite à épouser « un malotru ».

Voici plus loin un homme placé dans d'excellentes conditions pour s'établir avantageusement. Il était déjà d'un certain âge, il est vrai, et «tirait sur le grison»; mais

> Il avait du comptant,
> Et partant
> De quoi choisir : toutes voulaient lui plaire.

Ce qui rabat quelque peu les prétentions sentimentales du beau sexe en fait de mariage. Un moment, il hésite entre deux veuves, «l'une encore verte, et l'autre un peu bien mûre.» Toutes deux se donnaient quelquefois le divertissement d'accommoder sa tête :

> La vieille, à tous moments, de sa part emportait
> Un peu du poil noir qui restait,
> Afin que son amant en fût plus à sa guise.
> La jeune saccageait les poils blancs à son tour.

Cela promettait pour l'avenir! Elles firent si bien, qu'un beau jour il se trouva complétement «tondu» aussi les congédia-t-il en vertu de ce raisonnement souverainement logique :

> Celle que je prendrais voudrait qu'à sa façon
> Je vécusse, et non à la mienne.

Ailleurs, un mari, pour retrouver le corps de sa femme noyée, suivait le fil de la rivière. Un passant lui donne cet avis :

> Non, ne le suivez pas;
> Rebroussez plutôt en arrière :
> Quelle que soit la pente et l'inclination
> Dont l'eau par sa course l'emporte,
> L'esprit de contradiction
> L'aura fait flotter d'autre sorte.

Voilà le sexe féminin bien accommodé! Il est vrai qu'ici le poëte prend sa défense et déclare d'un air indigné que

> Cet homme se raillait assez hors de saison.

Mais c'est évidemment une pure concession faite aux convenances; car il ajoute aussitôt, en parlant de «l'humeur contredisante» :

Quiconque avec elle naîtra,
Sans faute avec elle mourra,
Et jusqu'au bout contredira,
Et, s'il peut, encor par de là.

Sans parler de l'éternelle répétition de la même rime, emblème de l'éternelle durée promise à l'esprit de contradiction, remarquez ce style de décalogue : c'est quelque chose comme un recueil de *commandements* dressé pour l'instruction des maris, ou plutôt de ceux qui ne veulent pas le devenir.

Autre plaisante histoire :

Un mari fort amoureux,
Fort amoureux de sa femme,

Il paraît que, comme il le dit ailleurs, « on pourrait s'y tromper ».

Bien qu'il fût jouissant, se croyait malheureux.

Il y avait réellement de quoi : « jamais une œillade de la dame, un propos gracieux, un mot d'amitié, un sourire. » L'auteur ajoute charitablement :

Je le crois : c'était un mari.

Tout le beau rôle est pour celui-ci, qui ne cherche dans le mariage que le bonheur d'une affection partagée. Quelle différence avec sa femme, et les deux veuves de tout à l'heure ! Or, une nuit, comme il reprochait doucement à sa moitié cette persévérante froideur, un voleur survient : la femme épouvantée se réfugie entre les bras de son mari, faisant ainsi par pusillanimité ce qu'elle n'avait jamais fait par affection ou par devoir. Aussi, voyez la reconnaissance du pauvre homme :

Ami voleur, dit-il, sans toi ce bien si doux
Me serait inconnu ! Prends donc en récompense
Tout ce qui peut, chez nous, être à ta bienséance ;
Prends le logis aussi.

Ce dernier trait est charmant. Celui qui savait si bien

aimer eût mérité certainement de l'être un peu en retour :

> Les voleurs ne sont pas
> Gens honteux, ni fort délicats :
> Celui-ci fit sa main.

C'était payer un peu cher le vain simulacre d'une tendresse absente!

Un autre encore avait une femme « querelleuse, avare et jalouse » :

> Rien ne la contentait, rien n'était comme il faut ;
> On se levait trop tard, on se couchait trop tôt ;
> Puis du blanc, puis du noir, puis encore autre chose.
> Monsieur ne songe à rien, Monsieur dépense tout,
> Monsieur court, Monsieur se repose.

C'est la nature prise sur le fait :

> Les valets enrageaient ; l'époux était à bout.

On y serait à moins! Enfin, il prend le parti de la renvoyer à la campagne chez ses parents. Mais, apprenant que « l'innocence des champs » n'adoucit en rien ce caractère diabolique, il la confine à jamais dans son village, en ajoutant, sous forme de péroraison :

> Adieu. Si de ma vie
> Je vous rappelle, et qu'il m'en prenne envie,
> Puissé-je chez les morts avoir, pour mes péchés,
> Deux femmes comme vous sans cesse à mes côtés!

Terrible imprécation, indice d'une résolution irrévocable!

Enfin, nous arrivons au moment où se brisent les liens de la vie humaine, où la mort de l'un des époux inaugure pour l'autre une existence vide et désolée. Voyons comment, selon Lafontaine, la femme traverse cette solennelle épreuve :

> La perte d'un époux ne va point sans soupirs :
> On fait beaucoup de bruit, et puis on se console.

Nous voilà prévenus. L'auteur ajoute sournoisement :

Entre la veuve d'une année
Et la veuve d'une journée
La différence est grande : on ne croirait jamais
Que ce fût la même personne.

Écoutons la fable, ou plutôt, comme il dit, «la vérité» :

L'époux d'une jeune beauté
Partait pour l'autre monde. A ses côtés, sa femme
Lui criait : Attends-moi, je te suis, et mon âme,
Aussi bien que la tienne, est prête à s'envoler.

Paroles touchantes, qu'on aimerait à croire sincères !

Le mari fait seul le voyage.

Il n'y a pas grand mal : nous ne sommes pas dans l'Inde, Dieu merci ! L'hyperbole n'ôte rien à la sincérité des sentiments violents; elle est même leur langage le plus naturel. Or, le père de la belle, «homme prudent et sage, laisse le torrent couler»; puis, il fait adroitement entrevoir dans l'avenir

Un époux beau, bien fait, jeune, et tout autre chose
Que le défunt.

Les absents ont toujours tort :

Ah ! dit-elle aussitôt,
Un cloître est l'époux qu'il me faut.

Réponse d'un pathétique simple et bien senti :

Un mois de la sorte se passe;
L'autre mois, on l'emploie à changer tous les jours
Quelque chose à l'habit, au linge, à la coiffure:
Le deuil enfin sert de parure,
En attendant d'autres atours.

Détails on ne peut plus finement observés. Les symptômes d'une prochaine guérison deviennent de plus en plus manifestes :

Toute la bande des amours
Revient au colombier ; les jeux, les ris, la danse,
Ont aussi leur tour à la fin.

Le père ne craint plus ce défunt tant chéri.

En effet, les raisons de se rassurer ne lui manquaient pas:

> Mais, comme il ne parlait de rien à notre belle :
> Où donc est le jeune mari
> Que vous m'avez promis? dit-elle.

Elle est sauvée! Nous n'avons plus à nous en inquiéter.

Ainsi, la femme, dans le choix d'un mari, cherche d'abord à satisfaire sa vanité et un désir inné de domination; dans la vie conjugale, tantôt elle contredit pour le plaisir de contredire, tantôt elle refuse son affection à son époux uniquement parce qu'il en a le titre, tantôt encore, par ses exigences, ses gronderies perpétuelles, elle fait de sa société un véritable enfer; enfin, dans le cas de veuvage, elle consacre le premier mois à pleurer le défunt, le deuxième à se consoler, et, dès le troisième, elle songe à lui donner un successeur: telle est, du moins, l'opinion de Lafontaine. Ici, encore, l'homme perce à travers le poëte. Il ne pouvait y avoir désaccord entre la manière dont il a pratiqué le mariage et celle dont il l'a décrit. Car ce n'est pas à la femme qu'il en veut; il a chanté maintes fois en son honneur des hymnes d'une grâce enthousiaste; mais c'était à la condition de ne voir en elle que l'amante, c'est-à-dire une source de plaisir. Quant à ce type sérieux et respecté de l'épouse, il épouvante ou rebute sa nature sensuelle et volage, et nous avons vu comment il est traité par lui. Les hommes et les peuples voluptueux ont toujours agi ainsi: exaltant la femme tant que dure la passion qu'elle inspire, et la foulant aux pieds dès qu'elle n'a plus d'autres titres à leurs yeux que ses réelles et solides qualités.

Voici maintenant des caractères plus légers. Un homme, voulant éprouver la discrétion de sa femme, s'écrie tout à coup, pendant la nuit, qu'il vient de pondre un œuf:

Gardez bien de le dire;
On m'appellerait poule; enfin n'en parlez pas.

Comment la femme, quoique « neuve sur ce cas ainsi que sur mainte autre affaire », put-elle croire à une si étrange nouvelle? Peu importe. Peut-être craignait-elle, en niant le fait, de n'avoir plus de secret à garder, ni, par conséquent, à divulguer. Quoi qu'il en soit, elle se lève dès la pointe du jour, et court chez sa voisine, à qui elle raconte l'affaire :

An nom de Dieu, gardez-vous bien
D'aller publier ce mystère.

Elle savait d'avance, par son expérience personnelle, quel serait le résultat de la recommandation.

Vous moquez-vous? dit l'autre : Ah! vous ne savez guère
Quelle je suis. Allez, ne craignez rien.

En conséquence de cette belle protestation, elle va répéter l'histoire « en plus de dix endroits » ; seulement,

Au lieu d'un œuf, elle en dit trois.

Bref, le nombre d'œufs croissant de bouche en bouche,

Avant la fin de la journée
Ils se montaient à plus d'un cent.

Satire sans fiel et sans parti pris contre les femmes, car l'auteur nous dit en débutant que bon nombre d'hommes leur ressemblent sous ce rapport.

Le personnage suivant ne pondait pas des œufs, lui; et bien mieux eût valu! Mais il mangeait, ou plutôt il buvait tout son bien. Or, un jour que notre homme,

Plein du jus de la treille,
Avait laissé ses sens au fond d'une bouteille,
Sa femme l'enferma dans un certain tombeau.

A son réveil, il se trouve entouré de l'attirail de la mort. Grande est sa surprise, comme bien on pense :

Là-dessus, son épouse, en habit d'Alecton,
Masquée, et de sa voix contrefaisant le ton,

s'approche de lui, et lui présente je ne sais quel mets nauséabond. Notre homme, bien convaincu qu'il est réellement descendu aux enfers :

Quelle personne es-tu? dit-il à ce fantôme. —
La cellerière du royaume
De Satan, reprit-elle ; et je porte à manger
A ceux qu'enclôt la tombe noire.

La pauvre femme comptait sur son stratagème pour guérir, par la terreur, son ivrogne d'un vice non moins ruineux que repoussant :

Le mari repart, sans songer :
Tu ne leur portes point à boire?

Résultat bien encourageant! Voilà l'ivrogne au naturel, celui du proverbe : qui a bu, boira.

C'est le tour de l'avare : il avait enfoui une somme dans la terre, et la visitait souvent. Quelqu'un se douta du dépôt et l'enleva. « Voilà mon homme en pleurs. » Un passant l'interroge ; il lui conte son cas : mais pourquoi apporter votre argent si loin? Ne valait-il pas mieux le garder chez vous?

Vous auriez pu sans peine y puiser à toute heure? —
A toute heure, bons dieux! ne tient-ils qu'à cela?
L'argent vient-il comme il s'en va?
Je n'y touchais jamais. — Dites-moi donc, de grâce,
Reprit l'autre, pourquoi vous vous affligez tant :
Puisque vous ne touchiez jamais à cet argent,
Mettez une pierre à la place;
Elle vous vaudra tout autant.

Après cela, il n'y a plus rien à dire sur l'avarice : elle est jugée sans appel. Molière l'a rendue ridicule ; Lafontaine la rend absurde. L'avare, par un amour immodéré pour son argent, s'en dépouille en réalité, puisque

L'usage seulement fait la possession.

Somme toute, le poëte a traité celui-ci d'une manière assez bénigne ; c'est qu'il ne faisait tort qu'à lui-même.

Voici un autre spécimen du même vice qu'il fustige beaucoup plus vertement, parce que son avarice retombait sur son entourage. Une vieille avait deux servantes qu'elle écrasait de travail. Dès le point du jour,

> Tourets entraient en jeu, fuseaux étaient tirés;
> Deçà, delà, vous en aurez
> Point de cesse, point de relâche.

Quelle scène d'intérieur! Dès l'aurore, dis-je, « la misérable vieille »

> S'affublait d'un jupon crasseux et détestable,

Vigoureux coup de pinceau;

> Allumait une lampe, et courait droit au lit
> Où de tout leur pouvoir, de tout leur appétit,
> Dormaient les deux pauvres servantes.

On le conçoit, les malheureuses! Remarquons la naïve énergie des expressions pour rendre ce profond sommeil, double résultat de la jeunesse et de l'accablement. Aussi voyez-les, quand la rapace vieille s'élance vers leur lit:

> L'une entr'ouvrait un œil, l'autre étendait un bras.

Ce n'est pas là du style, ce n'est pas un tableau: c'est la nature elle-même. Du reste, les pauvres filles crurent améliorer leur sort en tuant le coq qui servait de réveille-matin. Mais elles furent victimes de leur propre stratagème; car

> Notre couple, au contraire, à peine était couché,
> Que la vieille, craignant de laisser passer l'heure,
> Courait comme un lutin par toute sa demeure.

Horace a donné une ampleur toute lyrique aux traits dont il a flétri Canidie. Ceux dont Lafontaine se sert pour stigmatiser la vieille avare sont plus restreints, mais, ce nous semble, non moins frappants. On sent que la colère lui est montée du cœur contre l'horrible créature, comme aussi la pitié pour les pauvres victimes de ce diable en jupons; et l'on aime à voir le poëte prendre si chaleureusement la défense du faible opprimé.

Jusqu'à présent, les types que nous avons passés en revue n'avaient point les sympathies de l'auteur; et, à part quelques exceptions, il ne les a guère évoqués que pour les fustiger plus ou moins vigoureusement. Nous allons entrer dans un monde nouveau, celui des petites gens, des gens sans souci; et, dès l'abord, on sent qu'il y a entre eux et le poëte une secrète affinité; car il les traite avec une indulgence singulière, pour ne pas dire avec une tendresse imparfaitement déguisée sous le sourire qui lui est habituel. Il les raille bien quelquefois; mais son ironie, pleine de réserve et de douceur, rappelle ces plaisanteries que des amis échangent entre eux, pour égayer l'entretien, sans aucune intention de se blesser réciproquement.

Voici d'abord l'artisan des villes :

> Un savetier chantait du matin jusqu'au soir :
> C'était merveilles de le voir,
> Merveilles de l'ouïr; il faisait des passages,
> Plus content qu'aucun des sept sages.

C'est là un personnage qui est évidemment dans les bonnes grâces de l'auteur. Ce mélodieux savetier avait pour voisin un homme de finance, qui

> Étant tout cousu d'or,
> Chantait peu, dormait moins encor.

Lafontaine, nous l'avons vu, ménage peu les financiers. Pourquoi donc semble-t-il éprouver pour celui-ci une sorte de compassion? Est-ce parce que le Crésus ne dormait guère? On sait qu'à ses yeux c'était un grand malheur! Nous aimons mieux croire qu'il lui tient compte de ses bonnes intentions à l'égard du savetier. En effet, curieux d'apprendre le motif d'une telle gaîté chez son pauvre voisin,

> En son hôtel il fait venir
> Le chanteur, et lui dit: Or çà, sire Grégoire,
> Que gagnez-vous par an? — Par an, ma foi, monsieur,
> Dit avec un ton de rieur
> Le gaillard savetier, ce n'est point ma manière
> De compter de la sorte, et je n'entasse guère
> Un jour sur l'autre; il suffit qu'à la fin
> J'attrape le bout de l'année;
> Chaque jour amène son pain.

Comment ce brave compagnon ne serait-il pas cher à Lafontaine, à ce Jean qui

> S'en alla comme il était venu,
> Mangeant le fonds avec le revenu,
> Croyant le bien chose peu nécessaire?

Celui-ci ne mange pas son «fonds», pour raisons à lui connues; mais c'est évidemment un adepte qui suit de loin les traces du maître:

> Eh bien! que gagnez-vous, dites-moi, par journée? —
> Tantôt plus, tantôt moins; le mal est que toujours
> (Et sans cela nos gains seraient assez honnêtes),
> Le mal est que dans l'an s'entremêlent des jours
> Qu'il faut chômer; on nous ruine en fêtes;
> L'une fait tort à l'autre, et monsieur le curé
> De quelque nouveau saint charge toujours son prône.

Le «gaillard savetier» traite un peu *gaillardement*, en effet, des choses qui ne sont pas absolument de son ressort. Mais c'est un trait de caractère qui lui est commun avec tous ses pareils, dans ce bon pays de France, que de trancher sans façon les questions les plus hautes au point de vue de son gros bon sens ou de ses intérêts.

> Le financier, riant de sa naïveté,

Lafontaine appelle cela de la naïveté! Naïveté singulièrement aigre-douce, dans tous les cas, et qui rappelle de fort près celle de l'auteur lui-même, sur laquelle nous aurons à nous prononcer plus tard. Poursuivons : le financier, disions-nous, lui fait présent de cent écus :

> Le savetier crut voir tout l'argent que la terre
> Avait depuis plus de cent ans
> Produit pour l'usage des gens.

Cette hyperbole ne peint-elle pas au naturel la situation et les sentiments du personnage? Aussi voyez: cet homme qui mangeait si gaîment le gain de chaque jour, sans s'inquiéter du lendemain, fasciné par la vue de son trésor, change aussitôt de méthode, et enterre dans sa cave

> L'argent, et sa joie à la fois.
> Plus de chant ; il perdit la voix
> Du moment qu'il gagna ce qui cause nos peines.

Mot charmant et profond, mais qui fait sourire quand on se rappelle avec quelle facilité Lafontaine se défaisait de cette « cause de nos peines » :

> Le sommeil quitta son logis :
> Il eut pour hôtes les soucis,
> Les soupçons, les alarmes vaines.
> Tout le jour il avait l'œil au guet ; et la nuit,
> Si quelque chat faisait du bruit,
> Le chat prenait l'argent.

Un état si violent ne pouvait durer :

> A la fin le pauvre homme
> S'en courut chez celui qu'il ne réveillait plus :
> Rendez-moi, lui dit-il, mes chansons et mon somme,
> Et reprenez vos cent écus.

Nous allons voir maintenant un homme qui, s'il n'est pas le frère du savetier, est tout au moins son cousin ; il y a en eux un certain air de famille qu'on ne saurait méconnaître : c'est le paysan.

Un jour, qu'il contemplait une citrouille :

> A quoi songeait, dit-il, l'auteur de tout cela ?
> Il a bien mal placé cette citrouille-là !
> Eh parbleu ! je l'aurais pendue
> A l'un des chênes que voilà ;
> C'eût été justement l'affaire :
> Tel fruit, tel arbre, pour bien faire.

Cela ne rappelle-t-il pas les critiques de « sire Grégoire » à l'endroit des fêtes religieuses ? Mais ici, la censure a plus de portée ; elle va jusqu'à s'attaquer au plan de la création : du curé, elle monte jusqu'à Dieu lui-même. Et en vertu de quels principes maître Garo tranche-t-il si lestement des questions de cette gravité ? Son gros bon sens lui dit qu'il devrait y avoir concordance entre l'ampleur du fruit et celle de l'arbre. C'est une raison : la symétrie est bien quelque chose ! Toutefois, il pourrait y avoir telles considérations beaucoup plus profondes qui viendraient justifier le Créateur. A quoi bon pourtant les évoquer ici ? Notre homme ne les comprendrait pas ; et leur allure magistrale suffirait pour les lui rendre suspectes. Car c'est sa manière, à lui, de juger tout avec un sens généralement prompt, droit et juste, mais, il faut l'avouer, quelque peu superficiel. Malgré cela, ou plutôt à cause de cela, il s'offre sans façon pour aide bénévole à l'Ordonnateur suprême :

> C'est dommage, Garo, que tu n'es point entré
> Au conseil de Celui que prêche ton curé ;
> Tout en eût été mieux.

Ce n'est pas là de la vanité ou de l'irrévérence : c'est le résultat d'une conviction sincère :

> Car pourquoi, par exemple,
> Le gland qui n'est pas gros comme mon petit doigt,
> Ne pend-il pas en cet endroit ?

Toujours l'amour de la régularité et de la symétrie,

l'horreur de l'étrangeté et des disproportions choquantes : c'est le fond de son caractère :

> Dieu s'est mépris; plus je contemple
> Ces fruits ainsi placés, plus il semble à Garo
> Que l'on a fait un quiproquo.

Une fois sa conviction établie, et la chose se fait vite, il ne se gêne pas pour la dire en face aux plus grands, et même à qui ? bon Dieu !

Mais, au fond, ces hautes questions l'intéressent médiocrement ; son domaine à lui, c'est le monde des choses positives et pratiques. Quant au reste, il s'en occupe à ses heures, par manière de passe-temps. Et encore ne faut-il pas que le passe-temps se prolonge trop, sous peine de lui devenir souverainement ennuyeux :

> Cette réflexion embarrassant notre homme :
> On ne dort point, dit-il, quand on a tant d'esprit.

Évidemment, pour lui, une heure de sommeil vaut mieux que toute la métaphysique du monde. Et le voilà revenu à ses habitudes d'insouciance et de rustique sybaritisme. Il va s'étendre sous le chêne qui a servi de texte à ses méditations transcendantes ; un gland tombe et lui meurtrit le nez :

> Oh ! oh ! dit-il, je saigne ! Et que serait-ce donc
> S'il fût tombé de l'arbre une masse plus lourde,
> Et que ce gland eût été gourde?
> Dieu ne l'a pas voulu : sans doute il eut raison ;
> J'en vois bien à présent la cause.

La conservation du nez de maître Garo est-elle en effet la cause pour laquelle Dieu n'a pas fait croître les citrouilles sur les chênes? C'est ce que nous n'oserions affirmer. Nous nous bornerons à constater la promptitude avec laquelle une preuve par le fait retourne l'esprit de ce hardi métaphysicien. Tel nous le voyons ici, tel il se montrera toujours : indifférent à l'endroit des raisonnements abstraits, mais fort accessible, au contraire, aux arguments puisés dans la réalité palpable et matérielle.

Le villageois va nous apparaître sous un aspect beaucoup moins élevé : il ne fait plus de la métaphysique, ici ; il va tout bonnement vendre son âne à la foire :

Afin qu'il fût plus frais et de meilleur débit,
On lui lia les pieds, on vous le suspendit ;
Puis, cet homme et son fils le portent comme un lustre.

L'auteur nous la donne belle ! Un vieillard, c'est lui qui nous l'apprend, et un enfant de quinze ans, porter un âne sur leurs épaules ! Mais l'exactitude piquante de l'image rachète amplement l'invraisemblance de la chose. Ne chicanons donc pas. Admirons plutôt l'attention scrupuleuse avec laquelle le brave campagnard veille à la conservation de sa propriété. Il s'exténue lui-même pour conserver son âne « plus frais et de meilleur débit » : c'est bien là l'homme pour qui l'argent est si dur à gagner ! Comme on pouvait s'y attendre, le premier qui les rencontra s'émerveilla grandement :

Quelle farce, dit-il, vont jouer ces gens-là ?
Le plus âne des trois n'est pas celui qu'on pense.

L'intention est brutale ; le tour est assez fin. Le meunier se ravise, met son âne sur pied et fait monter son fils. Passent trois bons marchands, d'un certain âge, sans doute, qui trouvent fort mauvais que le vieillard se fatigue, tandis que le jeune homme se fait voiturer. Nouveau changement d'allure : le père monte, le fils descend :

Quand trois filles passant, l'une dit : C'est grand' honte,
Qu'il faille voir ainsi clocher ce jeune fils,
Tandis que ce nigaud, comme un évêque assis,
Fait le veau sur son âne . . . .

Ici, l'intention est également brutale, et le tour ne lui cède en rien. Ces *beautés* en sabots font de l'épigramme sur les grands chemins, comme d'autres, plus légèrement chaussées, en font dans les salons; seulement, leurs épigrammes sont piquantes comme un coup de massue. Remarquons en outre que chacun de ces donneurs d'avis apprécie à son point de vue personnel la situation respective du père et du fils; c'est sa propre individualité qu'il met en cause; il est à la fois, dans l'affaire, juge et partie. De quolibet en quolibet, nos deux héros essaient de toutes les combinaisons imaginables : ils ont déjà porté l'âne; puis, le père est monté; c'est maintenant le tour du fils; tout à l'heure ils monteront tous deux, puis ils finiront par laisser le baudet « se prélasser » tranquillement devant eux. Mais ce dernier mode de locomotion trouve encore un censeur :

Un quidam les rencontre, et dit : Est-ce la mode
Que baudet aille à l'aise, et meunier s'incommode ?
Qui, de l'âne ou du maître, est fait pour se lasser ?
Je conseille à ces gens de le faire enchâsser.

Bonne et avouable plaisanterie. Décidément, l'esprit, plus ou moins mêlé d'urbanité, court les grands chemins dans ce bon pays.

Ils usent leurs souliers, et conservent leur âne !

Argument *ad hominem*, fort capable de produire une vive impression sur ceux à qui il s'adresse. Malheureusement, comme nous l'avons dit, toutes les combinaisons étaient épuisées. Or, tant que notre homme a pu croire que ces conseillers se proposaient de lui faire trouver la plus convenable à ses intérêts, il s'y est prêté complaisamment : son bon sens le lui commandait. Mais quand il s'aperçoit que toutes, sans exception, ont été censurées, la vérité lui apparaît enfin : on a voulu, non lui être utile, mais le berner. Le berner! c'est le genre d'outrage le plus sensible au Français de toutes les conditions. Aussi le passant ayant ajouté, avec plus de crudité que d'atticisme :

Beau trio de baudets!

notre homme éclate :

Je suis âne, il est vrai, j'en conviens, je l'avoue;
Mais que dorénavant on me blâme, on me loue,
Qu'on dise quelque chose, ou qu'on ne dise rien,
J'en veux faire à ma tête. Il le fit, et fit bien.

Au reste, le bon meunier n'est pas seul dominé par l'amour de la propriété; Perrette, cette brave Perrette, si légère, si pimpante, ne s'avise-t-elle pas aussi de thésauriser en imagination? *Tu quoque!* C'est décidément une épidémie :

Perrette, sur sa tête ayant un pot au lait
    Bien posé sur un coussinet,
Prétendait arriver sans encombre à la ville.
Légère et court vêtue, elle allait à grands pas,
Ayant mis ce jour-là, pour être plus agile,
    Cotillon simple et souliers plats.

La reconnaissez-vous? Car nous la rencontrons tous les jours, vous et moi, par les chemins; et l'auteur nous donne ici un signalement qui défierait l'oubli le plus invétéré :

Notre laitière ainsi troussée . . . .

dernier coup de pinceau qui achève le portrait,

Comptait déjà dans sa pensée
Tout le prix de son lait, en employait l'argent.

Elle achète un cent d'œufs, fait « triple couvée », élève des poulets, qu'elle revend « pour avoir un cochon ».

Il était, quand je l'eus, de grosseur raisonnable :

Remarquez ce « quand je l'eus »; elle en parle au passé; ses rêves sont déjà pour elle un fait accompli. Détail aussi naturel que la nature même :

J'aurai, le revendant, de l'argent bel et bon.

Il n'y a que le campagnard pour parler de l'argent avec cette tendresse. Nous l'avons dit : il lui coûte à gagner :

Et qui m'empêchera de mettre en notre étable,
Vu le prix dont il est, une vache et son veau,
Que je verrai sauter au milieu du troupeau?

Les calculs de Perrette n'ont pas l'aridité ordinaire aux spéculations de la finance; elle est jeune, elle est femme; et chez elle le désir du gain se pare des couleurs que lui prête une vive imagination. Trop vive, hélas! car

Perrette, là-dessus, saute aussi, transportée :
Le lait tombe; adieu veau, vache, cochon, couvée.

Tout cela s'envole avec la rapidité du rêve :

La dame de ces biens, quittant d'un œil marri
Sa fortune ainsi répandue,
Va s'excuser à son mari,
En grand danger d'être battue.

Ce mari est un brutal, incapable de comprendre et d'excuser les plus légitimes écarts de l'imagination.

Voilà donc le campagnard : disputeur et narquois; il ne craint pas de censurer la création elle-même; il raille volontiers, et sa raillerie brille ordinairement plus par la franchise que par l'aménité; enfin, le trait dominant de son caractère, c'est l'amour du gain : il en passe par tout ce qu'on voudra, il se plie à toutes les exigences les plus contradictoires, pour conserver ou augmenter sa chose. L'auteur ajoute méchamment qu'il est homme à rosser sa femme pour un pot de lait répandu; mais nous laissons le fait sous la responsabilité de Lafontaine.

Sans quitter les grands chemins, nous allons voir apparaître une série de types nouveaux : le chartier, l'ânier, le voyageur, tous gens nomades par état ou par occasion :

Un chartier voit son char embourbé dans les environs de Quimper-Corentin :

On sait assez que le destin
Adresse là les gens quand il veut qu'on enrage.

C'est le poëte qui le dit; c'est à lui que doivent s'adresser les justes réclamations de Quimper-Corentin:

Pour venir au chartier embourbé dans ces lieux,
Le voilà qui déteste et jure de son mieux,
Pestant, en sa fureur extrême,
Tantôt contre les trous, puis contre ses chevaux,
Contre son char, contre lui-même.

On n'est pas plus chartier! Le nôtre se recommande à Hercule. L'idée est assez mythologique; mais le dieu doit convenir aux chartiers. Hercule répond :

Ote d'autour de chaque roue
Ce malheureux mortier, cette maudite boue
Qui jusqu'à l'essieu les enduit;
Prends ton pic, et me romps ce caillou qui te nuit;
Comble-moi cette ornière:

Détails précis et techniques, d'où naissent la vérité et le pittoresque du tableau :

Prends ton fouet.
Je l'ai pris... Qu'est ceci ? mon char marche à souhait!

Le poëte, en effet, n'avait rien oublié de ce qui devait le faire marcher.

Voyons l'ânier :

Un ânier, son sceptre à la main,
Menait en empereur romain,
Deux coursiers à longues oreilles.

L'ânier aurait grand tort de prendre en mauvaise part la plaisanterie; elle est tout amicale, et ne le ravale certainement pas. Suit la description des deux ânes. Puis :

Nos gaillards pèlerins,
Par monts, par vaux, et par chemins,
Au gué d'une rivière à la fin arrivèrent,
Et fort empêchés se trouvèrent.

On sent percer là une secrète prédilection pour cette vie nomade, où l'homme échappe à la contrainte de l'usage, et presque de la loi.

Mais voici l'idéal du genre :

> Dans un chemin montant, sablonneux, malaisé,
> Et de tous les côtés au soleil exposé,
> Six forts chevaux tiraient un coche.

Voyez-vous d'ici cette lourde machine, où nous avons été tant de fois empilés, cahotés, triturés, et dont l'espèce tend chaque jour à disparaître devant l'envahissement progressif des chemins de fer ? Quand elle n'existera plus qu'à l'état de souvenir, de débris fossile, allons-nous dire, on la retrouvera toute vivante dans les vers de Lafontaine :

> L'attelage suait, soufflait, était rendu.

Qui ne partage sa fatigue, si bien exprimée !

> Femmes, moine, vieillards, tout était descendu.

Ce pittoresque désordre est pris sur le fait. Que de fois nous avons mis pied à terre, vous et moi, pour échapper à l'ennui d'une montée interminable, et peut-être aussi, il faut le dire à notre honneur, pour diminuer la charge de ce pauvre attelage !

> Le moine disait son bréviaire ;
> Une femme chantait.

Chacun emploie à sa manière ce moment de répit forcé. Toutefois, il manque encore un autre personnage qui doit compléter la scène, et que nous serions bien étonnés de ne pas voir apparaître ici ; rassurons-nous ; le poëte n'oublie personne :

> Une mouche survient, et des chevaux s'approche,
> Prétend les animer par son bourdonnement ;
> Pique l'un, pique l'autre...
> S'assied sur le timon, sur le nez du cocher,
> Va, vient, fait l'empressée :

Tant d'efforts ne sauraient demeurer sans résultat:

> Après bien du travail, le coche arrive au haut:
> Respirons maintenant!

Pour quiconque s'est associé aux fatigues de l'attelage, et à ce *coup de collier* suprême qui le fait arriver «au haut», ce cri : Respirons maintenant! s'échappe de la poitrine avec un enthousiasme facilement compris des voyageurs.

Voulez-vous maintenant des scènes de chasse? Suivons le poëte:

> A l'heure de l'affût, soit lorsque la lumière
> Précipite ses traits dans l'humide séjour,
> Soit lorsque le soleil rentre dans sa carrière,
> Et que, n'étant plus nuit, il n'est pas encor jour.

C'est bien là, en effet, l'heure de l'affût: j'en appelle aux chasseurs. La poésie et l'exactitude technique se mêlent ici avec une merveilleuse facilité:

> Au bord de quelque bois, sur un arbre je grimpe,
> Et, nouveau Jupiter, du haut de cet Olympe,
> Je foudroie à discrétion
> Un lapin qui n'y pensait guère.

Voyez-vous ce «nouveau Jupiter» grimpé sur son arbre? et ce pauvre lapin, foudroyé à l'improviste? Mais observons les effets de l'explosion:

> Je vois fuir aussitôt toute la nation
> Des lapins qui, sur la bruyère,
> L'œil éveillé, l'oreille au guet,
> S'égayaient, et de thym parfumaient leur banquet.

Il faut être chasseur pour avoir surpris ces détails; il faut être poëte pour les sentir ainsi; seulement, on se demande comment le poëte put avoir le cœur d'ensanglanter une scène qu'il décrit si bien.

Vous plairait-il d'assister à une chasse aux perdrix?

> Quand la perdrix
> Voit ses petits

En danger, et n'ayant qu'une plume nouvelle,
Qui ne peut fuir encor par les airs le trépas,
Elle fait la blessée, et va traînant de l'aile,
Attirant le chasseur et le chien sur ses pas,
Détourne le danger, sauve ainsi sa famille ;
Et puis, quand le chasseur croit que son chien la pille,
Elle lui dit adieu, prend sa volée, et rit
De l'homme qui, confus, des yeux en vain la suit.

Tout y est : la perdrix «traînant de l'aile», puis, «prenant sa volée», et enfin, le chasseur «confus, la «suivant en vain des yeux».

Que diriez-vous d'une chasse au lièvre?

Il s'enfuit dans son fort, met les chiens en défaut,
  Sans même en excepter Brifaut.
  Enfin, il se trahit lui-même
Par les esprits sortant de son corps échauffé.
Miraut, sur leur odeur ayant philosophé,
Conclut que c'est son lièvre, et d'une ardeur extrême
Il le pousse ; et Rustaut, qui n'a jamais menti,
  Dit que le lièvre est reparti.
Le pauvre malheureux vient mourir à son gîte.

Voici une chasse beaucoup plus sérieuse, et où le chasseur court grand risque d'être mangé par son gibier : deux compagnons se mettent en quête d'un ours, et le voient «venir vers eux au trot». Ils comptaient surprendre, et sont surpris eux-mêmes :

Voilà mes gens frappés comme d'un coup de foudre.
. . . .
L'un des deux compagnons grimpe au faîte d'un arbre ;
  L'autre, plus froid que n'est un marbre,
Se couche sur le nez, fait le mort, tient son vent.

Bien lui en prit, comme nous allons voir :

Seigneur ours, comme un sot, donna dans ce panneau ;
Il voit ce corps gisant, le croit privé de vie ;
  Et de peur de supercherie,
Le tourne, le retourne, approche son museau,
  Flaire aux passages de l'haleine :
C'est, dit-il, un cadavre ; ôtons-nous, car il sent.
A ces mots, l'ours s'en va dans la forêt prochaine.

Ce serait à croire, si le caractère bien connu de Lafontaine n'était une garantie du contraire, qu'il s'est trouvé lui-même par sa faute dans cette dramatique position, tant il a mis de vérité dans sa peinture.

Écoutons maintenant le charlatan. Nous l'avons mis auprès du chasseur, parce qu'il fallait bien le mettre quelque part, mais sans intention aucune : nous ne sommes que l'humble commentateur, et n'empiétons point sur les droits de notre poëte : un charlatan, donc,

> Se vantait d'être
> En éloquence si grand maître,
> Qu'il rendrait disert un badaud,
> Un manant, un rustre, un lourdaud :
> Oui, Messieurs, un lourdaud, un animal, un âne !
> Que l'on m'amène un âne, un âne renforcé,
> Je le rendrai maître passé,
> Et veux qu'il porte la soutane.

Nous avons tous entendu sur quelque champ de foire, avec l'accompagnement obligé, cette harangue, sonore assemblage de l'hyperbole, de l'énumération et de la gradation, amplification de marchand d'orviétan, terminée par une méchanceté de l'incorrigible Lafontaine.

Sortons un instant de notre époque et de notre pays, et transportons-nous avec le poëte dans ce monde merveilleux de la Grèce antique. Nous ne devons pas nous attendre à la voir revivre ici dans toute sa grâce et sa naïve grandeur : Lafontaine n'a pas frayé assez intimement avec elle pour cela. D'ailleurs, l'espèce d'éloignement qu'on éprouvait à son époque pour une qualité secondaire que nous avons exaltée depuis sous le nom de couleur locale, aurait suffi pour le détourner d'une si fidèle reproduction. Mais, au fond, le sentiment des choses ne lui manque pas ; le style seul a des allures tant soit peu modernes :

Simonide avait entrepris l'éloge d'un athlète, sujet embarrassant et peu fécond :

Les parents de l'athlète étaient gens inconnus,
Son père, un bon bourgeois; lui, sans autre mérite.

C'était le cas le plus ordinaire :

Le poëte d'abord parla de son héros.
Après en avoir dit ce qu'il en pouvait dire,
Il se jette à côté, se met sur le propos
De Castor et Pollux; ne manque pas d'écrire
Que leur exemple était aux lutteurs glorieux;
Élève leurs combats, spécifiant les lieux
Où ces frères s'étaient signalés davantage:
Enfin, l'éloge de ces dieux
Faisait les deux tiers de l'ouvrage.

Quiconque a jamais lu une Olympique de Pindare reconnaît ici la critique piquante de son procédé ordinaire : c'est le «beau désordre» lyrique, apprécié dans ses motifs par la malice française :

L'athlète avait promis d'en payer un talent;

Mais quand il s'aperçut que le tiers seulement de l'ouvrage lui était consacré, il estima, dans sa sagesse d'athlète, qu'il ne devait que le tiers du prix convenu, et engagea l'auteur à se faire payer le reste par Castor et Pollux:

Je vous veux traiter cependant;
Venez souper chez moi; nous ferons bonne vie:
Les conviés sont gens choisis,
Mes parents, mes meilleurs amis.

Voilà un athlète qui sent sa dignité; il n'est pas loin du ton protecteur. Mais, au fond, il est dans son droit; rappelons-nous la haute estime que la Grèce professait pour ses pareils, *qui depuis*... Continuons :

Simonide promit. Peut-être qu'il eut peur
De perdre, outre son dû, le gré de sa louange.

On n'est pas plus poëte; mais le détail sent un peu les salons et les coteries littéraires de notre époque:

Il vient: l'on festine, l'on mange. . . .

et de bon appétit; la voracité des athlètes est connue. Des vers de Simonide, pas un mot. Un « domestique » s'approche de lui. Remarquez ce « domestique » ; il est de la même date que le « bon bourgeois », père du lauréat. Ce domestique, donc, prévient Simonide que deux hommes le demandent à la porte :

> Il sort de table, et la cohorte
> N'en perd pas un seul coup de dent.

Ils ne sortent pas de leur caractère. Or, ces deux étrangers étaient tout bonnement Castor et Pollux, qui, pour le remercier de ses vers en leur honneur, l'avertissent que la maison va crouler et qu'il fera bien de déloger. En effet :

> Un pilier manque, et le plafonds,
> Ne trouvant plus rien qui l'étaie,
> Tombe sur le festin, brise plats et flacons ;

le dernier vers, un moment suspendu, tombe tout à coup avec fracas, comme le plafonds lui-même. Pour compléter l'histoire,

> Une poutre cassa les jambes à l'athlète,
> Et renvoya les conviés
> Pour la plupart estropiés.

Terminons cette excursion à l'étranger par une petite scène orientale. Nous n'en chercherons pas la date, il n'y a pas de date pour l'Orient : un certain personnage

> Voyait un éléphant
> Des plus gros, et raillait le marcher un peu lent
> De la bête de haut parage,
> Qui marchait à gros équipage.
> Sur l'animal à triple étage
> Une sultane de renom,
> Son chien, son chat et sa guenon,
> Son perroquet, sa vieille, et toute sa maison,
> S'en allait en pèlerinage.

Remarquons cette double répétition de rimes, qui figure tantôt la masse énorme de l'éléphant, tantôt la foule de gens qu'il porte sur son dos ; puis, ces expressions pittoresques : « la bête de haut parage, l'animal à triple étage ; » puis, ces détails caractéristiques : la sultane, sa guenon, son perroquet, sa vieille, etc. Tableau court, mais saisissant, fragment d'une poésie orientale de bon aloi, où se mêlent sans effort la couleur et le naturel.

Jusqu'ici, nous n'avons vu que le côté léger de l'œuvre ; le côté sérieux va nous apparaître ; et le génie de Lafontaine, insaisissable Protée, se manifestera sous un aspect tout nouveau.

Voici d'abord une peinture de la vie rustique : un cerf s'était caché dans une étable à bœufs :

> Sur le soir, on apporte herbe fraîche et fourrage,
> Comme l'on faisait tous les jours ;
> L'on va, l'on vient, les valets font cent tours,
> L'intendant même, et pas un d'aventure,
> N'aperçut ni cor ni ramure,
> Ni cerf enfin.

Le ton a changé. Avec quelle gravité l'auteur nous décrit le train d'une grande maison rurale !

> Là-dessus le maître entre et vient faire sa ronde :
> Qu'est ceci ? dit-il à son monde ;
> Je trouve bien peu d'herbe en tous ces râteliers.
> Cette litière est vieille ; allez vite aux greniers ;
> Je veux voir désormais vos bêtes mieux soignées.
> Que coûte-t-il d'ôter toutes ces araignées ?
> Ne saurait-on ranger ces jougs et ces colliers ?

Ces idées d'ordre et de travail sont vivement senties, sérieusement rendues. Ce maître vigilant et sévère a toute la dignité calme des anciens patriarches ; c'est un petit souverain respecté dans son rustique domaine. Inutile d'ajouter qu'il découvrit le cerf caché dans son étable.

Voici plus loin un pâtre qui en remontre à un marchand, à un gentilhomme, voire au fils d'un roi : jetés par un naufrage sur les côtes d'Amérique, ils déploraient leur infortune :

> Le pâtre fut d'avis qu'éloignant la pensée
> De leur aventure passée,
> Chacun fît de son mieux, et s'appliquât au soin
> De pourvoir au commun besoin :
> La plainte, ajouta-t-il, guérit-elle son homme?
> Travaillons : c'est de quoi nous mener jusqu'à Rome.

La familiarité du langage est caractéristique, et n'ôte rien à l'énergie de la résolution, pas plus qu'à la sagesse du conseil. Et ce n'est pas ici une sympathie de rencontre que l'auteur accorde à son pâtre; ses motifs sont des plus sérieux :

> Un pâtre, ainsi parler! — Ainsi parler? Croit-on
> Que le ciel n'ait donné qu'aux têtes couronnées
> De l'esprit et de la raison;
> Et que de tout berger, comme de tout mouton,
> Les connaissances soient bornées?

Quoi qu'il en soit, le conseil est goûté: on travaillera. Mais à quoi? grande question. Le marchand donnera des leçons d'arithmétique : bon, cela! Le fils du roi enseignera la politique; voilà une ressource beaucoup moins sérieuse. Enfin, le gentilhomme tiendra école de blason.... Chez les sauvages de l'Amérique? le malheureux!

> Le pâtre dit : Amis, vous parlez bien; mais quoi!
> Le mois a trente jours : jusqu'à cette échéance
> Jeûnerons-nous, par votre foi?
> Vous me donnez une espérance
> Belle, mais éloignée; et cependant j'ai faim.
> Qui pourvoira, de nous, au dîner de demain?
> Ou plutôt, sur quelle assurance
> Fondez-vous, dites-moi, le souper d'aujourd'hui?
> Avant tout autre, c'est celui
> Dont il s'agit. Votre science
> Est courte là-dessus : ma main y suppléera.

Remarquez-vous ce mot « amis, » par lequel il commence sa harangue, et dont personne ne songe à se formaliser? Le trait est pris dans la nature : dans une infortune générale, les distinctions sociales disparaissent. Et puis, quelle autorité de langage! quelle sagesse pratique! et lequel est en ce moment le plus grand, parmi ces quatre hommes?

Cette histoire nous rappelle un autre pâtre, qui s'élève à la hauteur de celui-ci par la manière dont il accepta la disgrâce. Nous avons parlé de lui déjà; nous avons dit que le roi l'avait nommé grand-juge. Mais les courtisans cabalent contre lui, et l'accusent d'avoir entassé dans son coffre-fort les richesses des plaideurs qu'il a dépouillés. Le souverain se fit ouvrir ce coffre :

> On y vit des lambeaux,
> L'habit d'un gardeur de troupeaux,
> Petit chapeau, jupon, panetière, houlette,
> Et, je pense, aussi sa musette :
> Doux trésors, ce dit-il, chers gages, qui jamais
> N'attirâtes sur vous l'envie et le mensonge,
> Je vous reprends : sortons de ce riche palais
> Comme l'on sortirait d'un songe.

Scène charmante! touchantes paroles! Comme le pauvre pâtre s'élève au-dessus de son brillant entourage!

La même sympathie pour les petites gens a inspiré au poëte ce sombre tableau de la misère :

> Un pauvre bûcheron, tout couvert de ramée,
> Sous le faix du fagot aussi bien que des ans
> Gémissant et courbé, marchait à pas pesants,
> Et tâchait de gagner sa chaumine enfumée.

Cette scène nous remet en mémoire la belle toile de Ruysdaël, intitulée *le Buisson* : c'est la même tristesse morne, la même couleur lugubre; et encore trouvons-nous ici les deux circonstances aggravantes du fardeau et de la vieillesse du personnage. On nous pardonnera ce rapprochement :

Ut pictura poesis.

Le malheureux met bas son fagot un instant, et songe à sa misère :

Quel plaisir a-t-il eu depuis qu'il est au monde?
En est-il un plus pauvre en la machine ronde?
Point de pain quelquefois, et jamais de repos :
Sa femme, ses enfants, les soldats, les impôts,
    Le créancier, et la corvée,
Lui font d'un malheureux la peinture achevée.

Pas d'emportement, pas de cris : c'est l'abattement du désespoir. Remarquons ce détail : « sa femme, ses enfants » ; ce n'est pas là une réminiscence antimatrimoniale de l'auteur; c'est un dernier trait au tableau, et le plus navrant. On a vu trop souvent la misère étouffer les affections domestiques, en faisant de la famille, source de joies pour le riche, une cause de ruine et de désolation.

Passons à des types moins attristants. Arrêtons nos regards sur ces deux amis, si tendres, si dévoués, si dignes l'un de l'autre! L'un d'eux s'éveille au milieu de la nuit, et court à la maison de son ami. Celui-ci, tout étonné, lui demande la cause de cette alarme :

N'auriez-vous point perdu tout votre argent au jeu?
En voici. S'il vous est venu quelque querelle,
    J'ai mon épée; allons.

. . . .

Non, dit l'ami, ce n'est ni l'un ni l'autre point :
    Je vous rends grâce de ce zèle.
Vous m'êtes, en dormant, un peu triste apparu;
J'ai craint qu'il ne fût vrai; je suis vite accouru.
    Ce maudit songe en est la cause.

Charmant dialogue! moins charmant encore que les réflexions ajoutées par le poëte :

Qu'un ami véritable est une douce chose!
Il cherche vos besoins au fond de votre cœur;
    Il vous épargne la pudeur
    De les lui découvrir vous-même :
    Un songe, un rien, tout lui fait peur,
    Quand il s'agit de ce qu'il aime.

La fable des deux pigeons, expression d'un sentiment, non pas plus tendre, mais plus vif, sort de notre cadre. Mais il nous sera permis, du moins, de citer l'élégie finale, si pleine de grâce délicate et de mélancolique rêverie :

Amants, heureux amants, voulez-vous voyager?
Que ce soit aux rives prochaines.
Soyez-vous l'un à l'autre un monde toujours beau,
Toujours divers, toujours nouveau;
Tenez-vous lieu de tout, comptez pour rien le reste.
J'ai quelques fois aimé : je n'aurais pas alors,
Contre le Louvre et ses trésors,
Contre le firmament et sa voûte céleste,
Changé les bois, changé les lieux
Honorés par les pas, éclairés par les yeux
De l'aimable et jeune bergère. . . .

Une courte concession au style sentimental de Mme Deshoulières.

Hélas! quand reviendront de semblables moments!
Faut-il que tant d'objets si doux et si charmants
Me laissent vivre au gré de mon âme inquiète!
Ah! si mon cœur osait encor se renflammer!
Ne sentirai-je plus de charme qui m'arrête?
Ai-je passé le temps d'aimer?

Comment omettre, à ce propos, cette description si naïvement vraie du même sentiment? On éprouve, dit le poëte,

Des peines près de qui le plaisir des monarques
Est ennuyeux et fade : on s'oublie, on se plaît
Toute seule en une forêt.
Se mire-t-on près d'un rivage,
Ce n'est pas soi qu'on voit; on ne voit qu'une image
Qui sans cesse revient, et qui suit en tous lieux :
Pour tout le reste on est sans yeux.
Il est un berger du village
Dont l'abord, dont la voix, dont le nom fait rougir :
On soupire à son souvenir;
On ne sait pas pourquoi, cependant on soupire;
On a peur de le voir, encor qu'on le désire.

Et ces plaintes de l'amant dédaigné?

J'espérais, cria-t-il, expirer à vos yeux;
Mais je vous suis trop odieux,
Et ne m'étonne pas qu'ainsi que tout le reste,
Vous me refusiez même un plaisir si funeste.
Mon père, après ma mort, et je l'en ai chargé,
Doit mettre à vos pieds l'héritage
Que votre cœur a négligé.
Je veux que l'on y joigne aussi le pâturage,
Tous mes troupeaux, avec mon chien.

Nous demandons grâce pour ces longues citations : nous aurions choisi, si l'on pouvait choisir. Racine a peint la passion d'une manière plus pathétique et plus entraînante; mais cette grâce naïve, ce charme mélancolique, incompatibles du reste avec le caractère admis de la tragédie française, ne sont pas des qualités moins précieuses : et qui les a jamais possédées à un plus haut degré que Lafontaine?

Le même homme qui nous a si bien retracé les sentiments de la jeunesse, va nous décrire la majesté de la vieillesse et de la paternité, et l'approche solennelle de la mort :

Un vieillard, près d'aller où la mort l'appelait. . . .

Le vague même de cette périphrase, reproduite un peu plus bas, caractérise avec noblesse le mystère de la tombe. Ce vieillard recommande la concorde à ses fils :

Soyez joints, mes enfants; que l'amour vous accorde.
Tant que dura son mal, il n'eut autre discours.
Enfin, se sentant près de terminer ses jours :
Mes chers enfants, dit-il, je vais où sont nos pères;
Adieu : promettez-moi de vivre comme frères;
Que j'obtienne de vous cette grâce en mourant.
Chacun de ses trois fils l'en assure en pleurant.
Il prend à tous les mains; il meurt. . . .

Nul n'a décrit avec plus de gravité l'heure de l'adieu suprême. Le dernier vers s'arrête brusquement, comme la vie du vieillard, sur deux mots qui sortent de la poitrine avec la rapidité du dernier soupir.

Nous venons de voir la vieillesse revêtue du simple caractère de la paternité; elle va nous apparaître dans sa manifestation la plus large, dans ses rapports les plus essentiels avec les générations du présent et celles de l'avenir.

Un octogénaire plantait. Trois «jouvenceaux» le raillaient, et en quels termes!

> Assurément il radotait.

Puis :

> Autant qu'un patriarche il vous faudrait vieillir.

Puis encore :

> Ne songez désormais qu'à vos erreurs passées;
> Quittez le long espoir et les vastes pensées:
> Tout cela ne convient qu'à nous.

L'outrecuidance de la jeunesse et sa pitié dédaigneuse pour la vieillesse s'expriment ici avec une liberté qu'on pourrait qualifier plus sévèrement. Écoutons la réponse de l'octogénaire :

> Il ne convient pas à vous-mêmes,
> Repartit le vieillard. Tout établissement
> Vient tard et dure peu.

Cette forme sentencieuse est éminemment adaptée au caractère du personnage : l'homme d'âge généralise, parce que son appréciation porte sur une masse de faits acquis à son expérience; le jeune homme, faute d'acquisitions antérieures, n'apprécie jamais que le fait particulier du moment :

> La main des Parques blêmes
> De vos jours et des miens se joue également.

Quelle majesté dans ce langage! Où ce vieillard illettré l'a-t-il puisée? C'est évidemment le privilége de l'âge. Combien nous semblent puériles, en comparaison, les forfanteries des trois jouvenceaux!

Nos termes sont pareils par leur courte durée.

Forte image de la brièveté de la vie.

Qui de nous, des clartés de la voûte azurée,
Doit jouir le dernier ?

Ici, la poésie de la nature tempère la gravité attristante de la pensée; cela convient à un homme des champs.

Mes arrière-neveux me devront cet ombrage.

Le caractère s'élève à sa plus grande hauteur : cet homme, déjà mort pour lui-même, ne vit plus que pour sa postérité; la grandeur de l'idée le cède encore à celle du sentiment :

Eh bien ! défendez-vous au sage
De se donner des soins pour le plaisir d'autrui ?
Cela même est un fruit que je goûte aujourd'hui.

C'est la doctrine évangélique : le dévouement qui trouve en lui-même sa récompense :

J'en puis jouir demain, et quelques jours encore;
Je puis enfin compter l'aurore
Plus d'une fois sur vos tombeaux.

Menace déguisée sous une image gracieuse. On sait que la prédiction s'accomplit : les trois jeunes hommes moururent prématurément, et furent pleurés par le vieillard.

Caractère admirable, et qui ne s'est pas démenti un seul instant. Indifférent aux sarcasmes des jouvenceaux, il les reprend, non pour se venger, mais pour les éclairer sur la brièveté de la vie; indifférent aux biens de ce monde, il ne les recherche que pour ceux qui viendront après lui : indulgence et haut enseignement pour les hommes du présent, dévouement pour les hommes de l'avenir ; tel est donc ce type, le plus pur et le plus élevé qu'on ait jamais tracé de la vieillesse.

Maintenant, de la morale privée, passons à la morale publique; écoutons le paysan du Danube :

Romains, et vous, sénat assis pour m'écouter,
Je supplie avant tout les dieux de m'assister;
Veuillent les immortels, conducteurs de ma langue,
Que je ne dise rien qui doive être repris!

Exorde grave et religieux dans sa simplicité, parfaitement approprié aux caractères de l'orateur et du peuple qui l'envoie :

Rome est par nos forfaits, plus que par ses exploits,
L'instrument de notre supplice.

Haute sentence, digne de Bossuet: les malheurs d'un peuple sont toujours un châtiment de la justice divine:

Craignez, Romains, craignez que le ciel quelque jour
Ne transporte chez vous les pleurs et la misère. . . .

Avertissement sur l'instabilité des choses humaines, menace prophétique de l'invasion des barbares. Suit le tableau du bonheur dont jouissaient les Germains avant la conquête :

Pourquoi venir troubler une innocente vie?
Nous cultivions en paix d'heureux champs, et nos mains
Étaient propres aux arts, ainsi qu'au labourage.

Et celui de la domination romaine :

La majesté de vos autels
Elle-même en est offensée;
Car sachez que les immortels
Ont les regards sur nous.

Noble et touchante confiance de l'opprimé dans la clémence divine :

Grâces à vos exemples,
Ils n'ont devant les yeux que des objets d'horreur,
Du mépris d'eux et de leurs temples,
D'avarice qui va jusques à la fureur.
Rien ne suffit aux gens qui nous viennent de Rome:
La terre et le travail de l'homme
Font pour les assouvir des efforts superflus.

Vigoureuse invective, franche comme le bon droit. La personnification qui termine atteint au sublime.

Description de la Germanie désolée par les préteurs :

Nous quittons les cités, nous fuyons aux montagnes ;
Nous laissons nos chères compagnes ;
Nous ne conversons plus qu'avec des ours affreux,
Découragés de mettre au jour des malheureux,
Et de peupler pour Rome un pays qu'elle opprime.
Quant à nos enfants déjà nés,
Nous souhaitons de voir leurs jours bientôt bornés.

C'est le dernier terme de la misère. Ce trait horrible résume et renforce la lugubre énumération qui précède. Mais voici un autre danger : la contagion de la corruption romaine importée par les préteurs :

Retirez-les : ils ne nous apprendront
Que la mollesse et que le vice ;
Les Germains comme eux deviendront
Gens de rapine et d'avarice.

Cette corruption décrite à son foyer même :

C'est tout ce que j'ai vu dans Rome à mon abord.
N'a-t-on point de présent à faire,
Point de pourpre à donner ; c'est en vain qu'on espère
Quelque refuge aux lois.

Péroraison brusque, rude et fière comme l'orateur :

Ce discours, un peu fort,
Doit commencer à vous déplaire.
Je finis. Punissez de mort
Une plainte un peu trop sincère.

Cinna et *Britannicus* sont remplis de tirades politiques de l'ordre le plus élevé ; mais, par une conséquence forcée du rang des personnages et de la nature de l'action, elles sont restreintes au domaine des considérations purement officielles, des intrigues de cour, des bienfaits et des crimes des souverains. Le paysan du Danube, homme du peuple et mandataire de tout un peuple, est en quelque sorte initié, par sa position seule, aux questions les plus vitales de la société : le bonheur ou la misère des populations, leurs vertus ou leurs vices, la grandeur ou la décadence des empires; comme il s'élève aux questions les plus hautes de l'ordre religieux, telles que l'intervention de la divinité dans les affaires humaines. Il n'est plus seulement l'éloquent amplificateur de Sénèque ou de Tacite, mais l'interprète énergiquement vrai, naïvement grandiose, de la nature elle-même.

§ 3. *Nature.*

Quittons maintenant le voisinage de l'homme, et, sur les pas du poëte, tansportons-nous dans la solitude : là va s'offrir à nos regards un monde nouveau, fécond en scènes charmantes et quelquefois sublimes.

Si nous longeons le bord d'un étang solitaire, nous sommes frappés du profond silence qui règne aux environs. Mais que le plus léger bruit se fasse entendre, qu'un lièvre vienne à passer par là en regagnant son gîte, aussitôt tout s'anime :

> Grenouilles aussitôt de sauter dans les ondes ;
> Grenouilles de rentrer en leurs grottes profondes.

Un jour, ce fut bien une autre alarme : un corps pesant tomba au milieu de leurs retraites, avec un tel bruit,

> Que la gent marécageuse,
> Gent fort sotte et fort peureuse,
> S'alla cacher sous les eaux,
> Dans les joncs, dans les roseaux,
> Dans les trous du marécage,
> Sans oser de longtemps regarder au visage
> Celui qu'elles croyaient être un géant nouveau.
> Or, c'était un soliveau,
> De qui la gravité fit peur à la première
> Qui, de le voir s'aventurant,
> Osa bien quitter sa tanière.
> Elle approcha, mais en tremblant.
> Une autre la suivit, une autre en fit autant :
> Il en vint une fourmilière.

Heureuses encore, si elles n'avaient jamais affaire qu'à des soliveaux ! Mais parfois leur mauvais destin

> Leur envoie une grue,
> Qui les croque, qui les tue,
> Qui les gobe à son plaisir.

Sur les bords de la rivière se passent d'autres scènes non moins attachantes :

> Un jour, sur ses longs pieds, allait je ne sais où
> Le héron au long bec emmanché d'un long cou.

Si vous l'avez vu, le reconnaissez-vous ? Et si vous devez le voir un jour, pourriez-vous ne pas le reconnaître ?

> Il côtoyait une rivière.
> L'onde était transparente ainsi qu'aux plus beaux jours ;
> Ma commère la carpe y faisait mille tours
> Avec le brochet son compère.

Ne vous scandalisez pas du ton familier que prend le poëte en parlant de ses héros ; c'est qu'ils ne sont pas pour lui une simple matière à descriptions, mais des amis de tous les jours : à la manière dont il les dépeint, vous avez dû vous en apercevoir.

Allons errer à travers champs ; nous y trouverons de quoi observer, de quoi admirer :

> Les alouettes font leurs nids
> Dans les blés quand ils sont en herbe,
> C'est-à-dire environ le temps
> Que tout aime et que tout pullule dans le monde,
> Monstres marins au fond de l'onde,
> Tigres dans les forêts, alouettes aux champs.

C'est bien là cette surabondance de vie qui travaille la nature au printemps. Mais voici une alouette retardataire, qui se décide enfin à imiter les autres :

> Elle bâtit un nid, pond, couve, et fait éclore
> A la hâte. . . .

Letemps presse, en effet :

Les blés d'alentour mûrs avant que la nitée
Se trouvât assez forte encor
Pour voler et prendre l'essor,
De mille soins divers l'alouette agitée
S'en va chercher pâture.

Le moment de la moisson arrive; les petits sont bien jeunes encore : qu'importe! il faut partir :

Et les petits, en même temps,
Voletants, se culebutants,
Délogèrent tous sans trompette.

Vous avez dû voir ce tableau quelque part, comme vous longiez le sillon; si vous ne l'avez pas vu, ne vous dérangez pas pour y aller: la nature ne vous montrera rien de plus que le poëte.

Un peu plus loin, voici le lièvre :

Un lièvre en son gîte songeait. . . .
Cet animal est triste et la crainte le ronge.

Comment être gai, quand on a toujours peur!

Il était douteux, inquiet :
Un souffle, une ombre, un rien, tout lui donnait la fièvre.

Gradation savante et significative.

Le mélancolique animal
Entend un léger bruit : ce lui fut un signal
Pour s'enfuir devers sa tanière.

Mais voyez-le se jouant en toute sécurité, à l'abri de toute surprise :

Ayant, dis-je, du temps de reste pour brouter,
Pour dormir, et pour écouter
D'où vient le vent. . . .

« il se repose, il s'amuse; » puis, au moindre bruit, il « part comme un trait ».

Le lapin est plus gai, non pas qu'il coure moins de dangers : son existence est tout aussi menacée; mais cela tient sans doute à un caractère plus insouciant. Ne l'avez-vous pas rencontré parfois,

Un jour
Qu'il était allé faire à l'aurore sa cour
Parmi le thym et la rosée?
Après qu'il eut brouté, trotté, fait tous ses tours,
Jeannot lapin retourne aux souterrains séjours.

Encore un petit nom d'amitié; nous n'avons plus à le justifier: nous l'avons fait plus haut.

Tout à côté, voyez-vous passer la belette,

Avec son long museau?

Défiez-vous de «la dame au nez pointu»: c'est une rusée». Lafontaine, qui la connaît bien, range «dame Belette au long corsage», parmi les «gens d'esprit scélérat».

Mais la forêt du voisinage a aussi ses habitants, qui s'annoncent de loin par leurs ramages variés. Écoutons:

Caquet-bon-bec, alors, de jaser au plus dru,
Sur ceci, sur cela, sur tout. . . .
Sautant, allant de place en place.

Vous avez reconnu la pie, sous le sobriquet dont l'affuble le poëte, à ses allures remuantes et vagabondes.

Puis, c'est

Maître corbeau, sur un arbre perché.

Lui seul, en effet, sait percher convenablement, avec la raideur et l'immobilité que comporte le sens du mot. Et quand il veut «montrer sa belle voix, il ouvre un large bec», dont la laideur fait pressentir quelle mélodie va s'en échapper.

Ne croyez pas, cependant, qu'il soit le plus mal partagé «des hôtes de ces bois»: c'est presque un «phénix», si nous le comparons au hibou, dont voici la nichée:

De petits monstres fort hideux,
Rechignés, un air triste, une voix de mégère.

Les parents, il est vrai, ne sont pas là; mais, puisque

le proverbe conclut du père au fils, pourquoi ne conclurions-nous pas du fils au père?

Rencontrons-nous sur nos pas une ferme isolée? Ne craignons pas d'y entrer: nous y trouverons l'occasion d'observer, après les animaux sauvages, ceux que l'homme a réduits en domesticité. Voici d'abord ce que nous ne manquerons pas de voir:

Deux coqs vivaient en paix : une poule survint,
Et voilà la guerre allumée. . . .
La gent qui porte crête au combat accourut.

Les tournois, dans tous les genres, n'ont jamais manqué de spectateurs:

Le vaincu disparut :
Il alla se cacher au fond de sa retraite. . . .

Là, pour «rallumer sa haine et son courage»,

Il aiguisait son bec, battait l'air et ses flancs,
Et, s'exerçant contre les vents,
S'armait d'une jalouse rage.

Pendant ce temps,

Son vainqueur sur les toits
S'alla percher, et chanter sa victoire.

C'est là une scène de tous les jours; aussi le poëte, qui nous a introduits dans cette orageuse basse-cour, nous affirme-t-il que ces coqs sont

Incivils, peu galants,
Toujours en noise, et turbulents;

donnant «fort souvent d'horribles coups de bec»; enfin, qu'on voit sans cesse

Cette troupe enragée
S'entre-battre elle-même et se percer les flancs.

Voilà le coq au moral; le voici au physique:

Turbulent, et plein d'inquiétude;
Il a la voix perçante et rude,
Sur la tête un morceau de chair,
Une sorte de bras dont il s'élève en l'air

Comme pour prendre sa volée,
La queue en panache étalée.

Si, traversant la cour, nous pénétrons dans la maison, nous trouvons d'abord, installé près du foyer, un nouvel hôte «benin et gracieux, velouté,»

Marqueté, longue queue, une humble contenance,
Un modeste regard, et pourtant l'œil luisant.

Vous avez deviné, avant qu'il vous fût nommé, ce «minois hypocrite: ce doucet est un chat». Voyez, auprès de lui,

Sa chatte,
Mignonne, et belle, et délicate,
Qui miaule d'un ton fort doux.

Souvent, au lieu de ce couple coquet, vous avez pu apercevoir un vénérable solitaire, accaparant la place au foyer avec toutes ses conséquences, dont nous parlerons tout à l'heure:

C'était un chat vivant comme un dévot ermite,
Un chat faisant la chattemitte,
Un saint homme de chat, bien fourré, gros et gras.

Évidemment, il était

Moins attentif aux souris qu'au fromage.

Aussi, que la fermière, occupée à rôtir des marrons, tourne un instant le dos, le traître,

Avec sa patte,
D'une manière délicate
Écarte un peu la cendre, et retire les doigts;
Puis les reporte à plusieurs fois;
Tire un marron, puis deux, et puis trois en escroque.

Et pendant qu'il se livre à cet agréable exercice, là-haut, dans le grenier, «la gent trotte-menu,» les souris,

Mettent le nez à l'air, montrent un peu la tête,
Puis rentrent dans leurs nids à rats,
Puis, ressortant, font quatre pas,
Puis enfin se mettent en quête.

Mais gagnons un peu le pré voisin, où broute paisiblement, « gravement, sans songer à rien, » l'âne de la maison. Nous avons pressenti sa présence

> A la tempête de sa voix :
> L'air en retentissait d'un bruit épouvantable.

Ne vous effrayez pas, cependant,

> Car il est bonne créature.

Regardez, plutôt, comme

> Le grison se rue
> Au travers de l'herbe menue,
> Se vautrant, grattant et frottant,
> Gambadant, chantant et broutant,
> Et faisant mainte place nette.

Tout cela dénote, en effet, une bonne créature, sans arrière-pensée. Comment se fait-il que le poëte vient ensuite l'accuser d'avoir voulu un jour faire le gracieux, pour disputer au petit chien les faveurs de son maître?

> Il s'envient lourdement,
> Lève une corne tout usée,
> La lui porte au menton fort amoureusement,
> Non sans accompagner, pour plus grand ornement,
> De son chant gracieux cette action hardie :
> Oh! oh! quelle caresse! et quelle mélodie!

Ce n'est plus l'âne de la nature; c'en est un autre, l'âne savant, le bateleur des foires, à qui même on ne saurait sans injustice reprocher une métamorphose qui n'est certainement pas du fait de sa volonté, pas plus qu'à l'âne travailleur les cicatrices du bât et du collier: « ce pelé, ce galeux; » ces épithètes nous ont toujours semblé non moins injustes que grossières.

A quelque pas de lui, suivons des yeux

> La bique, allant remplir sa traînante mamelle;

Mais ne la suivons que des yeux, car,

> Dès que les chèvres ont brouté,
> Certain esprit de liberté

Leur fait chercher fortune : elles vont en voyage
Vers les endroits du pâturage
Les moins fréquentés des humains :
Là, s'il est quelque lieu sans route et sans chemins,
Un rocher, quelque mont pendant en précipices,
C'est où ces dames vont promener leurs caprices.
Rien ne peut arrêter cet animal grimpant.

A côté d'elle, son odorant mari, le bouc « des plus hauts encornés », s'avance plus gravement; toutefois, ne vous fiez pas à cette allure magistrale: il est loin d'avoir

Autant de jugement que de barbe au menton.

Mais attendez la nuit; et, surtout si le temps a

Échancré, selon l'ordinaire,
De l'astre au front d'argent la face circulaire,

vous verrez rôder autour de la maison maître renard, alléché par l'odeur du poulailler:

Il choisit une nuit libérale en pavots :
Chacun était plongé dans un profond repos;
Le maître du logis, les valets, le chien même,
Poules, poulets, chapons, tout dormait.

On ne dort ainsi qu'à la campagne.

Le fermier
Laissant ouvert son poulailler,
Commit une sottise extrême.
Le voleur tourne tant qu'il entre au lieu guetté,
Le dépeuple, remplit de meurtre la cité.
Les marques de sa cruauté
Parurent avec l'aube : on vit un étalage
De corps sanglants et de carnage.

Le brigand, en effet,

Emporte ce qu'il peut, laisse étendu le reste.

Si nous continuons à suivre le poëte, il nous entraînera plus loin, jusqu'au sein des déserts où gîtent les bêtes féroces. Nous voici devant l'antre du lion, « un vrai charnier, dont l'odeur se porte d'abord au nez des gens. » Nous avons eu rarement l'occasion de visiter cet antre; mais nous le devinons à cette odeur âcre et sauvage, que les ménageries nous ont rendue familière. Toutefois, rassurons-nous, le maître du logis n'est pas chez lui; l'entendez-vous rugir là-bas? C'est un moucheron qui le harcelle. Approchons sans crainte, il est trop occupé pour songer à nous :

Le quadrupède écume, et son œil étincelle;
Il rugit. On se cache, on tremble à l'environ. . . .
Un avorton de mouche en cent lieux le harcelle;
Tantôt pique l'échine, et tantôt le museau,
    Tantôt entre au fond du naseau.
La rage alors se trouve à son faîte montée.
L'invisible ennemi triomphe, et rit de voir
Qu'il n'est griffe ni dent en la bête irritée
Qui de la mettre en sang ne fasse son devoir.
Le malheureux lion se déchire lui-même,
Fait résonner sa queue à l'entour de ses flancs,
Bat l'air qui n'en peut mais; et sa fureur extrême
Le fatigue, l'abat : le voilà sur les dents.

Dans le fourré voisin rôde silencieusement le léopard, que vous devez reconnaître à sa peau,

Tant elle est bigarrée,
Pleine de taches, marquetée,
Et vergetée et mouchetée.

Et au-dessus de sa tête, dans les branches du lentisque, le singe prend ses ébats, faisant

Force grimaceries,
Tours de souplesse et mille singeries.

Voici un nouvel hôte qu'on rencontre aussi chez nous; mais il y est heureusement moins commun, et surtout moins dangereux. C'est ici sa véritable patrie. Voyez le serpent transi par le froid de la nuit, et que la chaleur commence à ressusciter :

L'animal engourdi sent à peine le chaud,
Que l'âme lui revient avecque la colère.
Il lève un peu la tête, et puis siffle aussitôt;
Puis fait un long repli, puis tâche à faire un saut.

Hâtez-vous de « trancher » la hideuse bête; faites-en

Trois serpents de deux coups,
Un tronçon, la queue et la tête.
L'insecte, sautillant, cherche à se réunir;
Mais il ne peut y parvenir.

Le désert n'est pas seulement peuplé de monstres. Comme il a ses horreurs, il a aussi ses grâces. Admirez le paon, qui porte

A l'entour de *son* col
Un arc-en-ciel nué de cent sortes de soie,
Qui *se* panade, qui déploie
Une si riche queue, et qui semble à nos yeux
La boutique d'un lapidaire.

L'image est familière, mais frappante.

De marche en marche, nous sommes arrivés au bord des mers. Là, nous voyons la tortue

Aller son train de sénateur.
Elle part, elle s'évertue;
Elle se hâte avec lenteur.

Et tout auprès, sur le sable,

Parmi tant d'huîtres toutes closes
Une s'était ouverte; et, baîllant au soleil,
Par un doux zéphyr réjouie,
Humait l'air, respirait, était épanouie,
Blanche, grasse, et d'un goût, à la voir, nonpareil.

Jusqu'ici, la nature nous est apparue dans son calme majestueux; contemplons-la maintenant dans ses orages:

Avec grand bruit et grand fracas
Un torrent tombait des montagnes :
Tout fuyait devant lui; l'horreur suivait ses pas;
Il faisait trembler les campagnes.

Les deux premiers vers ont toute la terrible sonorité de la chose qu'ils expriment. Pendant que le torrent mugit sous nos pieds, le vent, sur notre tête,

Se gorge de vapeurs, s'enfle comme un ballon,
Fait un vacarme de démon,
Siffle, souffle, tempête, et brise en son passage
Maint toit qui n'en peut mais, fait périr maint bateau.

Avez-vous entendu le fracas de la tempête? Mais voilà qu'elle s'apaise :

Le soleil dissipe la nue;

il nous «récrée» et nous «pénètre.» La réapparition de l'astre radieux a rendu la vie à toute la contrée.

Pendant l'orage, aux bords du marais, s'est passée une scène émouvante. Là s'élèvent le chêne superbe et l'humble roseau. Quel contraste entre ces deux êtres! Pour le roseau,

Un roitelet est un pesant fardeau;
Le moindre vent qui d'aventure
Fait rider la face de l'eau
*L'*oblige à baisser la tête.

Quant au chêne, au contraire,

Son front, au Caucase pareil,
Non content d'arrêter les rayons du soleil,
Brave l'effort de la tempête.

Que de faiblesse dans l'un! Que de force et d'orgueil dans l'autre! En un mot, tout pour l'un «est aquilon», tout à l'autre «semble zéphyr». Vous avez vu les acteurs; voici le lieu de la scène : elle se passe

Sur les humides bords des royaumes du vent.

Image vague, immense, comme les steppes de la mer Caspienne. Le drame commence :

Du bout de l'horizon accourt avec furie
Le plus terrible des enfants
Que le nord eût porté jusque-là dans ses flancs.
L'arbre tient bon; le roseau plie.
Le vent redouble ses efforts,
Et fait si bien qu'il déracine
Celui de qui la tête au ciel était voisine,
Et dont les pieds touchaient à l'empire des morts.

Avez-vous vu accourir du fond de l'horizon ce vent furieux dont l'impétuosité éclate dans l'éloquente périphrase du poëte? Avez-vous remarqué l'attitude opposée des deux végétaux? Avez-vous contemplé la ruine immense du chêne, et la profonde excavation qu'elle a creusée dans le sol? Comment oublier jamais un pareil tableau!

Ne vous étonnez pas que Lafontaine ait si bien décrit la nature : s'il en a une intelligence si profonde, un sentiment si intime, c'est qu'il ne se borne pas à l'observer froidement; c'est qu'elle est pour lui une amie, on pourrait dire une amante.

Écoutez-le s'adresser à la solitude :

Solitude, où je trouve une douceur secrète,
Lieux que j'aimai toujours, ne pourrai-je jamais,
Loin du monde et du bruit, goûter l'ombre et le frais!
Oh! qui m'arrêtera sous vos sombres asiles!
Quand pourront les neuf sœurs, loin des cours et des villes,
M'occuper tout entier, et m'apprendre des cieux
Les divers mouvements inconnus à nos yeux,
Les noms et les vertus de ces clartés errantes
Par qui sont nos destins et nos mœurs différentes!
Que si je ne suis né pour de si grands projets,
Du moins que les ruisseaux m'offrent de doux objets!
Que je peigne en mes vers quelque rive fleurie!
La Parque à filets d'or n'ourdira point ma vie,
Je ne dormirai point sous de riches lambris :
Mais voit-on que le somme en perde de son prix?
En est-il moins profond, et moins plein de délices?
Je lui voue au désert de nouveaux sacrifices.
Quand le moment viendra d'aller trouver les morts,
J'aurai vécu sans soins, et mourrai sans remords.

La poésie moderne s'est vantée avec raison d'un grand amour de la nature; mais a-t-elle souvent trouvé des accents plus pénétrants que ceux-là? En a-t-elle trouvé, surtout, d'aussi complétement purs de toute affectation, de toute déclamation? L'épicurisme tout à fait caractéristique des vers qui précèdent immédiatement les deux derniers, nous est une garantie de la sincérité du reste : on n'est pas si franc quand on veut jouer l'enthousiasme.

Du reste, Lafontaine n'a pas seulement précédé la poésie de notre âge dans cet amour ardent de la nature; il semble encore avoir pressenti ces grandes vues sur l'ensemble de l'univers et ses rapports avec la destinée humaine, cette vaste rêverie, en un mot, qui communique au style une incomparable majesté:

> Quant aux volontés souveraines
> Dé Celui qui fait tout, et rien qu'avec dessein,
> Qui les sait, que lui seul? Comment lire en son sein?
> Aurait-il imprimé sur le front des étoiles
> Ce que la nuit des temps enferme dans ses voiles? . . .
> Le firmament se meut, les astres font leur cours,
> Le soleil nous luit tous les jours,
> Tous les jours sa clarté succède à l'ombre noire,
> Sans que nous en puissions autre chose inférer
> Que la nécessité de luire et d'éclairer,
> D'amener les saisons, de mûrir les semences,
> De verser sur les corps certaines influences.
> Du reste, en quoi répond au sort toujours divers
> Ce train toujours égal dont marche l'univers.

On croirait ce morceau plus récent de deux siècles, n'étaient certaine franchise d'allure, certaine netteté de lignes et de couleur, qui trahissent trop formellement son époque.

II.

Il ne suffit pas qu'un poëte fasse passer devant nos yeux une multitude de tableaux variés; il faut encore que ces tableaux soient revêtus d'un caractère commun, qui en constitue l'unité. Cette nécessité est aussi absolue pour lui que pour le philosophe : un philosophe qui ne possède pas un principe d'où découle toute sa doctrine, n'est qu'un penseur médiocre, sans physionomie et sans portée; un poëte dont toutes les productions ne sont pas vivifiées et reliées entre elles par un sentiment commun, n'a pas fait une œuvre, mais des fragments décousus, et ne mérite pas de prendre place dans le cénacle des grands esprits chez lesquels les peuples, jusqu'à présent, ont voulu voir leurs plus hauts représentants. Or, ce sentiment générateur et animateur de l'œuvre poétique n'est et ne peut être que le sentiment de la vie humaine. Ce qu'on demande au poëte, en effet, c'est avant tout le tableau de la vie, interprétée par lui suivant la direction particulière de son esprit, mais principalement suivant la pente naturelle de sa sensibilité.

Eh bien! plaçons-nous devant l'œuvre de Lafontaine; apprécions-la sans prévention et sans parti pris; laissons-nous pénétrer par ce charme indicible qui s'en exhale, et qui, en établissant entre elle et nous une communication plus intime, nous aidera à en découvrir la signification cachée; et dans l'ensemble comme dans les détails, dans les sentences comme dans les peintures, nous sentirons circuler je ne sais quelle chaleur douce et tempérée, qui n'est autre chose que l'amour du vrai et de la juste mesure en tout, et qu'on ne saurait exprimer plus exactement que par la formule antique : rien de trop. Rien de trop, la juste mesure en toutes les manifestations de la vie, voilà, selon nous, la tendance commune qui relie entre elles les différentes parties de ce panorama multiple et changeant qu'on appelle les fables de Lafontaine. Or, rien de trop, dans l'exercice de l'intelligence, cela veut dire la recherche de la vérité pure, sans aucun mélange du faux ou de l'exagéré; dans l'exercice de la sensibilité, cela veut dire la jouissance paisible et modérée des biens de la vie, l'horreur de l'excès en toutes choses; dans l'exercice de l'activité, cela veut dire l'usage de son droit, tempéré par le respect pour le droit des autres. Tel est, encore un coup, le sentiment commun qui a inspiré l'œuvre de Lafontaine et en caractérise toutes les parties. Tous les types qu'on y rencontre sont sympathiques ou antipathiques à l'auteur, selon qu'ils sont en harmonie ou en contradiction avec ce sentiment, qui n'est, au fond, que l'individualité intellectuelle et morale du poëte.

Voyez plutôt comment il a conçu la divinité : selon lui, ses principaux attributs sont la justice et la bonté, se tempérant réciproquement, de telle sorte que la justice ne puisse dégénérer en rigueur, ni la bonté en faiblesse. La royauté, considérée dans son extérieur, lui apparaît comme le type d'une dignité qui ne se dément jamais, et qu'un mélange d'indulgence et de pitié empêche de dégénérer en hauteur. S'il censure le clergé, ce n'est pas comme interprète d'un dogme qu'il respecte, mais comme membre inutile et absorbant du corps politique. Il lui reproche, en effet, de ne point contribuer aux charges de l'État, et de tirer profit de son ministère, c'est-à-dire d'outrepasser son droit en lésant celui des autres. Comme nous l'avons remarqué, le premier de ces deux reproches, pour plusieurs raisons, frapperait à faux aujourd'hui; et le second s'adresse à un état de choses qui est une nécessité fâcheuse plutôt qu'un résultat de la volonté du clergé; mais le sentiment qui a fait parler l'auteur n'en demeure pas moins évident.

Pour la magistrature et la noblesse, il les flagelle sans pitié; mais les habitudes judiciaires de l'époque et les restes encore subsistants des priviléges féodaux ne légitimaient-ils pas quelque peu cette satire? Ici encore, Lafontaine n'était que le défenseur du droit.

Dans la bourgeoisie, il s'attaque, entre autres, au parvenu arrogant, au pédant et à l'avare; mais c'est parce qu'ils agissent en vertu de principes ou de sentiments faux et absurdes, l'un, en se vantant de sa richesse comme d'une qualité personnelle, l'autre, en déployant hors de propos son érudition, le troisième, en se privant de son argent sous prétexte de le conserver.

Et savez-vous pourquoi il est, au fond, sympathique aux petites gens? C'est parce que ceux-ci, par le privilége de leur condition sociale, ne participent en rien aux empiètements des hautes classes, et partagent à moindre dose les prétentions et les ridicules de la classe intermédiaire; c'est parce que, faiblement dotés des biens de la vie, ils en jouissent nécessairement avec modération et sans excès. C'est aussi un peu, il faut bien l'avouer, parce que, dans la grande comédie humaine, ils composent le parterre, qui juge, siffle ou applaudit sans gêne et selon son gros bon sens, rôle qui n'est pas sans quelque affinité avec celui que s'est adjugé le poëte.

Aux derniers rangs des petites gens, la sympathie de Lafontaine, sympathie chaleureuse et vive, cette fois, va chercher le domestique, et le protége contre un maître avare. Mais il le protége uniquement comme opprimé, comme représentant d'un droit méconnu; et l'énergique soutien des deux pauvres servantes est en même temps l'éloquent défenseur de la Germanie pressurée par les préteurs de Rome.

Le même sentiment du vrai et de la juste mesure a guidé le poëte dans la peinture des mouvements de l'âme; c'est grâce à lui qu'il a su exprimer l'ironie avec une finesse sans aigreur, la colère avec une vigueur sans violence, la tendresse avec une délicatesse sans afféterie, l'amour avec une chaleur sans déclamation; qu'il a su, en un mot, parcourir la gamme entière des passions, sans qu'un seul ton faux ou criard vînt troubler l'harmonie de cet admirable concert.

Le même sentiment l'a inspiré dans les mille tableaux qu'il nous a tracés de la nature. Évidemment il incline du côté de la grâce paisible et de la simplicité. Il a pourtant aussi abordé, et avec quel succès! les grands aspects de la création; mais toujours son tact infaillible l'arrête sur la limite où la vérité finit, où l'exagération commence.

Sans doute, il n'y a rien d'héroïque dans la poésie de Lafontaine. Les tirades chevaleresques de Corneille, le pathétique noble de Racine, ont une tout autre allure. Mais n'est-ce rien, après tout, que ce bon sens lucide, que cette sensibilité sincère, parce qu'elle est tempérée? Ne sont-ce pas plutôt nos qualités distinctives, à nous autres Français? Et c'est pour cela que Lafontaine est notre poëte le plus populaire: la nation, en se contemplant dans son œuvre, s'y est reconnue comme dans un miroir, ou plutôt comme dans un portrait exécuté par un peintre éminent.

III.

Nous ne connaissons encore que la moitié du poëte; car nous n'avons pas encore parlé de ce style enchanteur, irrésistible appât auquel se sont pris les contemporains de Lafontaine et les générations suivantes, auquel se prendront toutes celles de l'avenir. Mais comment porter la froide main de l'analyse sur cette fleur délicate, sur ce papillon aérien du Parnasse, sans risquer de froisser quelque pétale, d'enlever aux ailes un peu de cette poudre impalpable qui leur donne leur incomparable éclat? Nous le devons, pourtant, sous peine de laisser incomplète la tâche que nous nous sommes imposée. S'il arrive malgré nous quelque accident, puissent les Muses indulgentes nous pardonner la faute, en faveur de l'intention!

Essayons de surprendre le poëte en face de sa conception, au moment où il entreprend de la produire au dehors sous le vêtement de la parole. Il commence par se l'assimiler dans la méditation au point de l'embrasser tout entière, au point que, devant son regard, l'ensemble brille en pleine lumière, et qu'il ne reste dans l'ombre aucun repli. Alors, si c'est une idée pure, il choisit dans la langue le mot propre le plus rigoureusement équivalent, le plus capable de la rendre dans toute sa clarté et dans toute son étendue, sans en rien déguiser, sans en rien ôter, sans y rien ajouter. Et pour cela il s'approprie le vocabulaire tout entier, sans s'arrêter aux distinctions établies entre le style noble et le style bas; aussi, les expressions vulgaires coulent-elles volontiers de sa plume, mais placées de telle sorte, que le lecteur les accueille avec plaisir comme des ornements qui mettent la pensée en relief, ou, tout au moins, les accepte par nécessité, comme les seules capables de la reproduire dans toute sa réalité. Et si nous disons que le poëte choisit ses mots, c'est parce que l'analyse est obligée de morceler ce qui, dans l'ordre naturel, existe à l'état complexe. Au fond, il ne choisit pas; mais, par l'effet de ce profond sentiment de la convenance intime entre l'idée et le mot, sentiment qui est à lui seul toute la science du style, l'un et l'autre naissent chez lui simultanément à l'état de germe informe, se développent simultanément dans l'élaboration successive de son intelligence, et arrivent simultanément à leur perfection; en sorte qu'au moment où la pensée lui apparaît dans sa maturité, elle lui apparaît revêtue de l'expression la plus parfaitement appropriée à sa nature. On a dit souvent, et nous avons répété nous-même que la parole est le vêtement de la pensée. Cette définition est fausse, si on lui donne une généralité absolue. Oui, pour l'écrivain qui, l'idée une fois élucidée sous la forme du mot propre, se met en devoir de chercher une forme plus rare, d'élaborer une image plus noble qui puisse s'y adapter, pour celui-là, la parole est le vêtement de la pensée; mais, dans ces conditions, il lui arrive trop souvent ce qui peut arriver à tous les vêtements : c'est d'amoindrir ou d'exagérer les proportions de l'objet revêtu, ou tout au moins d'en dénaturer le véritable caractère. Tel n'est point le procédé des grands poëtes, d'Homère et de Lafontaine, par exemple : chez eux, la parole est une forme beaucoup plus intime à la pensée, une forme qui germe avec elle, grandit avec elle, et arrive avec elle au point de maturité; de sorte qu'elle n'en est pas le vêtement, mais le corps même; ce qui établit de l'une à l'autre cette profonde harmonie que la nature seule imprime à ses ouvrages, et que l'art ne réalise jamais complétement.

Si la conception de Lafontaine est de nature à éveiller l'imagination et le sentiment, ces deux facultés, sollicitées par la seule présence de leur objet, se mettent à fonctionner, et, préservées de toute contrainte par l'attention du poëte à écarter de son travail jusqu'à l'ombre des systèmes et des divisions artificielles, elles trouvent d'instinct l'image ou la figure la plus intimement homogène à la pensée; et le style, en changeant de caractère, n'a pas changé de nature : car on pourrait presque dire sans paradoxe que chez Lafontaine le style figuré est encore le style propre.

S'il s'agit d'un objet à décrire, le poëte, aidé par un admirable sentiment de la réalité, écarte les détails insignifiants de cet objet, ceux qui lui sont communs avec d'autres, et qui, par conséquent, ne sauraient le distinguer de l'ensemble où il est perdu; il le saisit par son côté le plus saillant et le plus caractéristique, et c'est par ce même côté qu'il le peint dans la parole : de sorte que son tableau est plus frappant, plus vrai même que la vérité. C'est ainsi qu'il a décrit toute la création, du lapin au lion, de l'humble gazon au chêne superbe. Nous n'avons pas à revenir sur des citations déjà faites; mais nous croyons pouvoir affirmer que le peintre du *héron*, du *coq* et du *chat*, entre autres, est le plus éminent des peintres.

Cette vérité première du style entraîne avec elle une série interminable des plus heureuses conséquences. Car la nature, considérée dans l'homme ou dans la création matérielle, est tour à tour suave ou terrible, charmante ou grandiose, gracieuse ou sublime; et le style de Lafontaine, en se calquant sur elle, a hérité de toutes ses qualités : c'est une riche palette où s'étalent, harmonieusement fondues entre elles, toutes les couleurs tendres ou éclatantes, riantes ou sombres de l'inépuisable modèle. Mais ce qui domine chez lui, c'est la grâce, cette beauté tempérée et pure de toute recherche. Et Lafontaine, en cela, n'a fait qu'obéir au double instinct de son génie : partisan déclaré du vrai, il a insisté, dans la reproduction du beau, sur ce qui porte le caractère de la juste mesure, et négligé d'ordinaire ce qui, en tendant au sublime, pourrait aboutir à l'exagération; amant chaleureux de la nature, il s'est directement inspiré d'elle, et a rejeté ces ornements un peu artificiels dont l'emploi constitue ce que nous appelons l'élégance.

Nous pourrions étudier maintenant la versification des fables de Lafontaine; montrer comment, à l'aide d'une métrique variée à l'infini, il adapte la phrase poétique à tous les contours de la pensée, et lui donne une flexibilité que la prose la plus libre ne comporte pas; comment, à l'aide de coupes profondément ingénieuses, de rejets savamment inattendus, il obtient des effets que la poésie seule peut réaliser, et qu'elle réalise seulement chez ses plus glorieux adeptes; nous pourrions citer des vers comme ceux-ci :

> L'homme au trésor arrive, et trouve son argent
> Absent,

qui nous semblent supérieurs, sous le rapport du pittoresque, au fameux « *navem in conspectu nullam* » de Virgile; mais tout cela, d'autres l'ont fait avant nous et beaucoup mieux que nous ne pourrions le faire : c'est un côté du génie de Lafontaine que nous ne saurions, à aucun titre, avoir la prétention de mettre en lumière.

Il nous reste à dire notre pensée sur une qualité où l'on a voulu voir parfois le trait caractéristique par excellence de cette grande physionomie poétique, et qui nous semble, à nous, un de ses aspects secondaires : nous voulons parler de ce qu'on a appelé la naïveté de Lafontaine. Et d'abord, qu'est-ce que la naïveté ? C'est la simplicité, l'ingénuité d'un esprit qui s'ignore, qualité charmante comme tout ce qui tient de près à la nature. Mais, en conscience, Lafontaine est-il naïf de cette façon ? Quand il dit :

> Un mari fort amoureux,
> Fort amoureux de sa femme,

nous voyons bien, dans cette correction après coup, une apparente candeur. Au fond, pourtant, que veut dire le poëte ? que le cas est rare, puisqu'il se croit obligé de préciser sa pensée, dans la crainte d'une confusion probable. C'est là une belle et bonne méchanceté, et qui s'ignore d'autant moins elle-même qu'elle cherche davantage à se déguiser. Il dit ailleurs :

> A ces mots l'animal pervers,
> (C'est le serpent, que je veux dire) . . . .

Quoi donc ! sans la parenthèse envenimée qui suit le premier vers, on pourrait appliquer à l'homme les expressions convenables au serpent ? L'épigramme est bien virulente ; elle nous paraîtrait même exagérée, si le poëte ne la tempérait par la bonhomie du vers suivant :

> Et non l'homme ; on pourrait aisément s'y tromper.

Somme toute, nous ne voyons dans ces deux exemples qu'une malice profonde, déguisée sous la finesse de la forme ; et de ces trois éléments : malice, déguisement, finesse, nous doutons fort qu'on puisse composer un tout ressemblant même de loin à la naïveté. Si nous ne voulons pécher nous-mêmes par un excès de cette qualité précieuse que nous prêtons parfois si libéralement à Lafontaine, disons-nous bien que, lorsqu'il déguise sa malice naturelle sous cette apparente bonhomie, c'est pour la rendre plus frappante et plus pénétrante, par cette raison bien simple que les secousses imprévues sont les plus irrésistibles, et les *bottes secrètes*, les plus meurtrières.

Pour résumer nos considérations générales sur le style de Lafontaine, ou nous avons bien mal rendu notre pensée, ou nous avons établi que ce style, exempt de tout système, de tout parti pris, est le produit direct et authentique de la conception, c'est-à-dire de la nature elle-même. Et de cette qualité première, comme d'une source abondante, découlent toutes les autres: c'est parce qu'il a toute la vérité de la nature, qu'il en a aussi l'admirable variété et l'éternelle fraîcheur.

CONCLUSION.

Lafontaine s'est conquis une place à part dans la littérature française en général, et dans celle de son siècle en particulier. Corneille fait parler aux grands hommes de l'antiquité un langage mâle et sublime; Racine leur fait exprimer, en des vers d'une élégance et d'une harmonie toutes virgiliennes, des sentiments d'une chaleur pénétrante et d'une pureté idéale; Molière peint le côté satirique de la société française avec une vérité et une profondeur que le théâtre n'avait pas encore trouvées avant lui, et qu'il n'a plus retrouvées depuis. Lafontaine réunit en lui seul les qualités distinctives de chacun d'eux, et en possède d'autres qui leur ont fait défaut. Il sait être, quand il le veut, énergique et grandiose comme Corneille, sans tomber, comme il arrive parfois au père glorieux de notre tragédie, dans la déclamation et l'abus de l'antithèse; il sait, comme Racine, exprimer dans un langage enchanteur les élans et les tristesses de la passion, mais en évitant cette pompe d'allure un peu artificielle que les exigences du goût public imposaient à la poésie dramatique; enfin, il peint, comme Molière, la société française, mais avec une variété de types et de couleurs que son rival n'a pas connue, et que ne comportait pas la trempe particulière de ce grand esprit. En effet, Molière fait toujours siffler à nos oreilles le fouet de la satire; et cette tendance exclusive répand sur son œuvre je ne sais quelle sècheresse, qu'on y ressent bientôt dans la lecture solitaire, en dehors des prestiges et du mouvement de la scène. Lafontaine sait comme lui flageller le vice, et de quelle main vigoureuse ou alerte, selon l'occasion! Mais il possède encore le secret de ce sourire bienveillant dont on relève les travers d'un ami, et qui est moins une critique qu'un avertissement. Puis, il sait s'attacher, se passionner, s'attendrir et rêver, toutes qualités essentiellement incompatibles avec le genre adopté par le prince des comiques. Enfin, ses illustres contemporains, exclusivement absorbés par la peinture de la société, semblent avoir oublié que la nature existe. Lafontaine, lui, s'est emparé de ce domaine splendide, qu'il parcourt en observateur attentif et ardent, pénétrant et subtil, qu'il décrit en miniaturiste suave ou en peintre énergique.

Et cette œuvre, qui, par l'effet même de son immense variété, semble au premier abord n'offrir qu'une série de fragments décousus, est animée dans son entier par un sentiment unique et fondamental : l'amour du juste et du vrai; et ce sentiment commun, en reliant toutes les parties entre elles, supplée en quelque sorte à l'absence du lien plus positif qui eût fait de ces mille fragments un seul et vaste poëme.

Et tout ce fonds si riche est revêtu d'un style sans pareil, tour à tour fin, gracieux, suave, coloré, énergique, sublime, mais toujours vrai comme la nature, dont il semble être l'éclatant miroir.

Sans avoir la prétention de faire partager à tous notre opinion personnelle, nous le déclarons franchement : quand nous voulons citer le plus vrai, le plus charmant, le plus complet de nos poëtes, nous n'hésitons jamais à dire : Lafontaine.

Vu et lu :
Strasbourg, le 27 mars 1859.
Le Doyen de la Faculté des lettres,
COLIN.

Permis d'imprimer.
Strasbourg, le 31 mars 1859.
Le Recteur, DELCASSO.

www.ingramcontent.com/pod-product-compliance
Ingram Content Group UK Ltd.
Pitfield, Milton Keynes, MK11 3LW, UK
UKHW021159220726
13924UKWH00003B/1206

9 782019 913731